Immensee · Bahnwärter Thiel

임멘호수·철로지기 틸

Immensee · Bahnwärter Thiel

테오도르 슈토름 ㅣ 게르하르트 하웁트만

임멘호수 · 철로지기 틸

김형국 옮김

iB·인터북스

옮긴이의 말

소설『임멘호수』와『철로지기 틸』은 각각 독일의 사실주의 작가 테오도르 슈토름(Theodor Storm, 1817-1888)과 자연주의 작가 게르하르트 하웁트만(Gerhart Hauptmann, 1862-1946)의 대표적인 작품들 중의 하나이다. 두 작품은 독일문학에서 많이 알려져 있고, 또 작품성에 있어서도 정평을 얻고 있다.『임멘호수』는 이루지 못한 사랑이야기를 다루고 있으면서도 그 유례를 찾기 힘들 만큼 너무도 아름답고 시적이다. 그런가 하면『철로지기 틸』은 인간의 삶을 구성하고 있는 다양한 층위의 세계와 그것의 연관관계를 매우 탁월하게 묘사하고 있다.

그런데 이렇듯 주목해 볼 만 함에도 두 작품은 우리에게 제대로 혹은 충분히 소개되지 않은 성 싶다. 무엇보다 번역이 그다지 많이 이루어지지 않아서 일 것이다. 두 작품의 번역본을 합쳐도 그 수가 손에 꼽을 정도라는 것이 이를 뒷받침한다.

일독을 권하고 싶다.

2018년 1월
김형국

차례

임멘호수

노인

어느 늦가을 오후 옷을 잘 차려 입은 노인이 천천히 길을 내려가고 있었다. 산보를 끝내고 집으로 돌아가는 것 같았다. 버클이 달린 유행 지난 구두가 먼지로 뒤덮여 있었기 때문이다. 손잡이가 금빛인 가느다란 지팡이를 팔 아래 끼고 있었다. 사라져버린 모든 젊은 날이 담겨 있는, 눈처럼 흰 머리칼과 뚜렷하게 대조를 이루고 있는 검은 눈으로 조용히 주위를 둘러보거나 자신 앞에 있는 석양의 향기에 휩싸인 도시를 내려다보았다. — 그는 거의 이방인처럼 보였다. 지나가는 여러 사람들이 자신들도 모르게 그의 진지한 눈빛을 쳐다보게 되었지만, 그들 중 극히 몇몇 사람만이 그에게 인사를 했기 때문이다. 마침내 그는 박공이 있는 높다란 집 앞에 조용히 서서 다시 한 번 도시를 바라보고는 현관 안으로 들어갔다. 문에 달린 종이 울리면서 현관 쪽으로 쪽창이 나 있는 방 안에서 녹색 커튼이 걷히고, 그 뒤에 있는 늙은 여자의 얼굴이 보였다. 남자는 지팡이로 여자에게 신호를 했다. "불은 아직 켜지 말아요."라고 그는 약간 남부의 억양으로 말했다. 가정부는 다시 커튼을 쳤다. 노인은 이제 넓은 현관을 지나갔다. 그런 다음 자기꽃병들이 진열

된, 떡갈나무로 만든 큰 장식장들이 벽을 따라 놓여 있는 거실을 지나갔으며, 마주보는 문을 지나 작은 복도 ― 이 복도에서는 윗방들로 가는 좁은 계단이 있다 ― 로 들어갔다. 그는 이 계단을 천천히 올라가 그 위에서 문을 열고는 적당한 크기의 방으로 들어갔다. 그곳은 은밀하고 조용했다. 벽 하나는 서류장들과 책장들로 차 있었고, 또 다른 벽엔 인물사진과 풍경사진들이 걸려 있었다. 여기저기 책들이 펼쳐져 있는, 초록색 보가 씌워진 책상이 있었고, 그 앞에는 붉은색 벨벳 쿠션이 놓인 묵직한 안락의자가 있었다. 노인은 모자와 지팡이를 구석에 놓은 다음 의자에 앉아 두 손을 포갠 채 산보의 피로로부터 휴식을 취하는 것 같았다. 그가 그렇게 앉아 있을 때 날은 점점 어두워졌으며, 마침내 한줄기 달빛이 유리창을 통해 벽에 걸린 그림 위에 떨어졌다. 밝은 빛줄기가 서서히 옮겨 가는 대로 그 남자의 눈이 자신도 모르게 그것을 따라 갔다. 이제 그 빛줄기는 검은색의 수수한 틀에 끼워진 작은 사진 위로 옮겨갔다. "엘리자벳!"이라고 그 노인은 나지막하게 불렀다. 그러자 시간은 완전히 변해버렸고 ― 그는 어린 시절로 돌아가 있었다.

아이들

이내 어린 소녀의 사랑스런 모습이 그에게로 다가왔다. 이름은 엘리자벳이었고, 다섯 살이었을 것이다. 그의 나이는 그녀보다 갑절이었다. 그녀는 목에다 빨간 명주수건을 두르고 있었다. 그것은 그녀의 갈색 눈과 잘 어울렸다.

"라인하르트, 해방이야, 해방이라구! 하루 내내 수업이 없어, 내일도 없다구"라고 그녀는 큰 소리로 말했다.

라인하르트는 겨드랑이에 끼고 있던 학습용 계산대를 재빨리 대문 뒤에다 세웠다. 그런 다음 두 아이는 집을 지나 정원 안으로, 그리고 정원 문을 지나 풀밭 위로 달려 나갔다. 그들에게 예기치 않은 방학은 너무도 기분 좋은 일이었다. 라인하르트는 이곳에 엘리자벳의 도움을 받으며 잔디떼로 집을 만들어 두었다. 그들은 그 안에서 여름날 저녁을 보내려 했다. 하지만 벤치가 없었다. 이제 그들은 곧장 작업을 시작했다. 못, 망치, 필요한 널빤지들이 벌써 준비되었다. 그러는 동안 엘리자벳은 담벼락을 따라가며 반지 모양의 야생당아욱 씨앗들을 앞치마에 모았다. 그녀는 그것으로 팔찌와 목걸이를 만들려고 했다. 라인하르트가 못을 몇 개 휘어박긴 했어도 마침내 벤치를 완성한 뒤 다시 햇빛 속으로 걸어 나갔을 때, 엘리자벳은 이미 그곳으로부터 멀리 떨어진, 풀밭의 다른 쪽 끝에서 걸어 다니고 있었다.

라인하르트가 "엘리자벳! 엘리자벳!"하고 부르자, 그녀가 왔다. 그녀의 곱슬머리가 휘날렸다. "자, 봐. 우리 집이 완성됐어. 너 땀을 많이 흘렸구나, 들어가! 새 벤치에 앉아보자. 네게 이야기를 들려줄게"라고 그가 말했다.

두 사람은 안으로 들어가서 새 벤치에 앉았다. 엘리자벳은 앞치마에서 반지 모양의 씨앗들을 꺼내어 가느다란 긴 끈에 꿰었다. 라인하르트는 이야기를 시작했다. "옛날에 물레질하는 세 여자가 있었어…".

"아, 그 얘긴 내가 외우고 있어. 언제나 똑같은 이야기를 하면 어떡해."라고 엘리자벳이 말했다.

그래서 라인하르트는 물레질하는 세 여자이야기를 중단해야 했다. 그 대신 사자구덩이에 던져진 가련한 남자에 대한 이야기를 했다.

"때는 밤이었어, 알겠니? 아주 어두운 밤이었어. 사자들은 잠을 자고 있었어. 그것들은 때때로 잠을 자면서 하품을 했고, 빨간 혀를 내밀었지. 그러자 남자는 무서워 떨었으나 아침이 오리라 생각했지. 그 순간 갑자기 그의 주위에 한줄기 밝은 빛이 비춰졌어. 그 사람이 올려다보니 그의 앞에 천사가 서 있었어. 천사는 그에게 손으로 신호를 보내고는 곧바로 바위 속으로 들어가 버렸어."라고 라인하르트가 말했다.

열심히 듣고 있던 엘리자벳은 "천사라고? 날개가 있어?"라고 물었다.

"그냥 이야기일 뿐이야. 천사 같은 건 있지도 않아"라고 라인하르트가 말했다.

"쳇, 라인하르트!"라고 그녀는 말하고는 그의 얼굴을 빤히 쳐다보았다. 하지만 그가 어두운 표정으로 그녀를 쳐다보자, 그녀는 못 믿겠다는 얼굴을 하고서 "사람들은 왜 언제나 그런 이야기를 하는 거지? 엄마도, 이모도, 학교에서도?"라고 물었다.

"모르겠는데"라고 그는 대답했다.

"그러면 말이야, 사자들도 없다는 거야?"라고 엘리자벳이 말했다.

"사자들? 당연히 있지! 인도에는. 그곳에선 우상을 섬기는 승려들이 사자들을 마차에다 매어 그걸 타고 사막을 달려. 내가 커서 직접 한 번 그곳에 가볼 거야. 그곳은 우리가 있는 이곳보다 수천 배나 더 아름답고, 겨울도 아예 없어. 넌 나와 함께 가야 돼. 그러겠니?"

"그럴게. 하지만 엄마도 함께 가야 해. 그리고 네 엄마도."라고 엘리자벳이 말했다.

"그러진 못해. 그땐 그분들은 나이가 너무 많아. 그래서 함께 갈 수 없어"라고 라인하르트가 말했다.

"하지만 나 혼잔 갈 수 없어"

"넌 그럴 수 있게 될 거야. 그리고 그땐 정말 내 아내가 될 거야. 그러면 다른 사람들은 네게 명령을 하지 못해."

"하지만 엄마가 울 텐데."

"우리가 다시 오는 거야. 솔직하게 말해 봐, 나와 함께 갈 거야? 그러지 않으면 나 혼자 가게 돼. 그러면 난 다시는 돌아오지 못해"라고 라인하르트는 격정적으로 말했다.

어린 엘리자벳은 곧 울음을 터뜨릴 지경이었다. "그렇게 무서운 눈 하지마. 인도로 같이 갈 테야"라고 그녀가 말했다.

라인하르트는 아주 기뻐하면서 엘리자벳의 두 손을 잡고 그녀를 풀밭으로 데리고 나갔다. "인도로 가자, 인도로!"라고 그는 노래했고, 그녀와 함께 몸을 마구 흔들어대면서 원을 그리며 도는 바람에 빨간 수건이 그녀의 목에서 날아갔다. 그러자 그는 갑자기 그녀를 놓아주며 "하지만 그렇게는 안 될 거야. 넌 용기가 없으니."라고 진지하게 말했다.

이때 "엘리자벳! 라인하르트!"라고 부르는 소리가 정원 문에서 들려왔다.

"여기 있어요! 여기 있어요!"라고 두 아이는 대답하고 손을 잡고서 집으로 뛰어갔다.

숲에서

아이들은 그렇게 함께 지냈다. 그에겐 그녀는 종종 너무 조용하다고 여겨졌고, 그녀에겐 그는 종종 너무 격정적이라고 생각되었다. 하지만 그렇기 때문에 그들은 서로에게서 떨어지지 않았다. 그들은 놀 수 있는 시간에는 거의 함께 했는데, 겨울에는 그들 어머니의 좁은 방에서, 여름에는 숲과 들판에서 함께 지냈다. ― 언젠가 엘리자벳이 라인하르트가 있는 자리에서 학교 선생님으로부터 꾸지람을 듣고 있었을 때, 라인하르트는 선생님의 흥분을 자신에게로 돌리려고 화를 내면서 자신의 학습용 계산대를 책상 위에다 내려쳤다. 이 행동은 시선을 끌지 못했다. 그는 선생님의 지리에 대한 설명에 전혀 주의를 기울이지 못했으며, 그 대신 장문의 시를 썼다. 그 시에서 그는 자신을 어린 독수리에 비유했고, 선생님은 잿빛 까마귀에 빗대었으며, 엘리자벳은 흰 비둘기가 되었다.

그 독수리는 날개가 자라기만 하면 잿빛 까마귀에게 복수를 하겠다는 다짐을 했다. 어린 시인의 두 눈에는 눈물이 고여 있었다. 그는 자신이 매우 고상한 존재로 여겨졌다. 집으로 돌아온 뒤 그는 흰색 속장이 많은 작은 양피지노트를 마련했는데 세심한 필체로 처음 몇 페이지에다 자신의 첫 시를 적었다. ― 그런 일이 있고 난 바로 다음 그는 다른 학교로 가게 되었다. 이곳에서 그는 자기 또래의 몇몇 소년과 사귀었다. 하지만 이 때문에 엘리자벳과의 만남이 방해받지는 않았다. 라인하르트는 그가 평소 엘리자벳에게 반복하여 들려준 이야기들 가운데 그녀가 가장 마음에 들어 했던 것들을 적어놓기 시작했다. 그럴 경우 종종 자신의 생각을 그 이야기에 집어넣으려는 욕심이 생기곤 했다. 하지만 ― 무엇 때문에 그랬는지는 알지 못했으나 ― 언제나 그렇게 하진 못했다. 그리하여 그 이야기들을 자신이 들은 그대로 정확히 적어 놓았다. 그런 다음 그는 이 이야기를 적은 종이들을 엘리자벳에게 주었으며, 그녀는 이것을 그녀의 보관함 서랍에 꼼꼼하게 보관했다. 그녀가 때때로 저녁에 ― 그가 쓴 노트에서 나온 ― 이 이야기들을 자신이 있는 자리에서 그녀의 어머니에게 낭독하는 걸 들을 때면 라인하르트는 고상한 만족감을 느꼈다.

7년이 지나갔다. 라인하르트는 더 많은 교육을 받기

위해 고향 도시를 떠나야 했다. 엘리자벳은 라인하르트가 없는 때가 올 거라고는 생각조차도 못했다. 어느 날 그가 엘리자벳에게 말하길 평소처럼 그녀를 위해 이야기들을 적어놓을 것이고, 그 이야기들을 자신의 어머니에게 부치는 편지와 함께 그녀에게 보낼 것이며, 그러면 그 이야기들이 어땠는지를 다시 자신에게 편지로 써 보내야 할 거라고 하자 그녀는 기뻐했다. 떠나야 할 시간이 다가왔다. 그렇긴 하지만 떠나기 전 몇 개의 시가 그 양피지노트에 추가 되었다. 이 사실만큼은 엘리자벳에게 비밀이었다. 비록 이 노트와 대부분의 노래들을 ― 이 노래들은 점차 흰색 속장의 거의 절반을 차지해버렸다 ― 있게 해준 것은 그녀이긴 하지만 말이다.

6월의 어느 날이었다. 라인하르트는 다음 날 떠나야 했다. 사람들은 다시 한 번 함께 축제를 벌이고자 했다. 적지 않은 사람들이 가까이에 있는 벌목지 가운데 한 곳으로 소풍을 갔다. 여러 시간이 걸리는 숲의 입구까지는 마차로 갔다. 그런 다음 먹을 것을 담은 광주리를 내리고는 계속하여 행군했다. 먼저 전나무 숲을 지나가야 했다. 서늘하고 어스름했으며, 땅바닥은 온통 가녀린 전나무 잎들이 흩뿌려져 있었다. 반시간 가량 걸어 어두운 전나무 숲을 벗어나 상쾌한 너도밤나무 숲 안으로 들어갔다. 이곳엔 모든 것이 밝고 푸르렀으며, 때때로 잎이 무성한 가지들 사이로 햇빛이 빛나고 있었다. 그들의 머리 위에서 다람쥐 한 마리가 가지에서 가지로 뛰어다니고 있었다. ― 사람들은 어떤 넓은 곳에서 멈췄는데, 그곳 위에는 아주 오래된 너도밤나무들이 그것들의 수관(왕관처럼 생긴 나무의 상단부, 옮긴이)이 합쳐져 속이 훤히 보이는 아치형 잎사귀 숲으로 성장해가고 있었다. 엘리자벳의 어머니는 바구니들 가운데 하나를 열었다. 한 늙은 신사가 자신이 먹을 것을 담당하겠다고 나섰다. 그는 "모두 내 주위에 모여라, 녀석들아!"라고 외쳤다. "그리고 내가 너희에게 말하는 걸 잘 알아둬야 해. 지금 각자 아침식사로 두 개의 마른 밀빵을 받게 된다. 버터는 집에다 두고 왔으니 곁들여 먹을 것은 스스로가 찾아야 한다. 숲에는 딸기가 충분히 많이 있어. 찾을 줄 아는 사람에겐 말이야. 그렇지 못한 사람은 빵을 맨 것으로 먹을 수밖에 없어. 세상살이는 어디서나 다 그런 거다. 내 말 알아들었니?"

"네!"라고 아이들은 외쳤다.

"좋다. 그런데 내 말이 아직 끝나지 않았다. 우리 어른들은 사는 동안 이미 충분히 돌아다녔으니 이곳에 있겠다. 즉 이곳 우람한 나무들 아래에서 말이야. 감자 껍질을 벗기고, 불을 피우고, 식탁을 준비하면서. 12시가 되면 계란도 삶아져 있을 거다. 그 대신 너희들은 딸기의 절반을 우리에게 주어야 한다. 우리가 후식으로 내놓을 수 있게 말이다. 이제 사방으로 가서 찾아보아라. 그리고 정직해야 한다!"

아이들은 온갖 장난꾸러기 같은 표정을 지었다. "잠깐"하고 그 늙은 신사가 다시 한 번 외쳤다. "너희에게 말할 필요도 없겠지만, 딸기를 찾지 못하는 사람은 내놓지 않아도 된다. 하지만 명심해야 할 것은 그런 사람은 우리 노인들로부터 아무 것도 받지 못할 게다. 이제 오늘 들어야 할 교훈은 충분히 다 들었다. 게다가 딸기까지 찾게 되면, 오늘 너희들은 대성공을 거두는 거다."

어린아이들도 같은 생각이었고, 짝을 지어 떠나기 시작했다.

"이리 와, 엘리자벳"하고 라인하르트가 말했다. "내가 딸기밭을 알고 있어. 넌 빵을 맨 것으로 먹지 않아도 될 거야."

엘리자벳은 그녀의 볏짚모자의 푸른색 리본을 묶어 팔위에 걸었다. "그럼 가자. 바구니는 준비됐어."라고 그녀가 말했다.

그들은 숲 안으로 들어갔다. 점점 더 깊숙하게. 축축하고도 아주 짙은 나무그늘을 지나갔는데, 그곳은 사방이 조용했다. 보이진 않으나, 그들 머리 위 공중에서 매들이 울어대는 소리가 들렸다. 그런 다음 다시 울창한 관목 숲을 지나갔는데, 라인하르트가 앞장서서 길을 내어야 할 정도로 숲은 빽빽하였다. 이곳에선 가지를 꺾고, 저곳에선 덩굴을 구부려 치워야 했다. 하지만 이내 뒤에서 엘리자벳이 자신의 이름을 부르는 것을 들었다. 그는 몸을 돌렸다. "라인하르트! 기다려, 라인하르트!"하고 그녀가 외쳤다. 그는 그녀를 알아 볼 수가 없었다. 마침내 그녀가 조금 떨어진 곳에서 덤불 때문에 애를 먹고 있는 것이 보였다. 그녀의 귀여운 작은 머리가 풀의 꼭대기 위에 겨우 닿을락 말락 하며 흔들리고 있었다. 이제 그는 다시 한 번 그녀에게로 되돌아가서 무성한 황소풀과 다년초를 헤치고 탁 트인 곳으로 그녀를 데리고 나왔다. 그곳에는 외롭게 피어 있는 숲꽃들 사이에서 파란 충매화들이 바람에 나부끼고 있었다. 라인하르트는 그녀의 뜨겁게 달아오른 얼굴에서 젖은 머리카락을 쓸어내어 주었다. 그런 다음 그녀에게 볏짚모자를 씌어주려 했는데, 그녀는 그렇게 하도록 놔두지 않았다. 하지만 그가 간청하자 그러도록 하였다.

마침내 그녀는 멈춰 서서 깊은 한숨을 쉬며 "그런데 네가 말한 딸기들은 대체 어디에 있어?"라고 물었다.

"여기에 딸기들이 있었는데, 두꺼비들이 우리보다 먼저 왔었나 봐. 아니면 담비들, 어쩌면 요정들이 말이야."라고 그가 말했다.

"맞아, 잎사귀들이 아직까지 남아 있어. 하지만 여기선 요정들 얘긴 하지마. 자, 가자구. 난 아직 전혀 지치지 않았어. 계속 찾아보자."라고 엘리자벳이 말했다.

그들 앞에는 작은 시냇물이 있었다. 그 건너편에는 다시 숲이 있었다. 라인하르트는 그녀를 두 팔에 올려 건네주었다. 얼마 후 그들은 활엽수 그늘에서 벗어나 숲속의 넓은 빈터로 갔다. "여기에는 틀림없이 딸기들이 있을 거야, 냄새가 아주 좋은 걸."하고 소녀가 말했다.

그들은 딸기를 찾으며 햇빛이 드는 곳을 지나갔다. 하지만 그것을 찾지 못했다. "아니야, 이것은 황야초(荒野草)의 냄새일 뿐이야."라고 라인하르트가 말했다.

나무딸기덤불과 깍지가시나무가 도처에 엉키어 나 있었다. 땅의 빈 곳을 키 작은 풀과 번갈아가며 뒤덮고 있는 황야초의 강렬한 내음이 대기를 채우고 있었다. "여긴 외딴 곳이네. 다른 사람들은 어디에 있을까?"라고 엘리자벳이 말했다.

라인하르트는 돌아가는 길에 대해선 생각하지 않았다. "잠깐! 바람이 어디로부터 불어오지?" 라고 그는 말하며 손을 높이 들었다. 하지만 바람은 불어오지 않았다.

"조용히 해 봐, 사람들이 말하는 소리가 들리는 것 같아. 저 아래로 한 번 외쳐 봐."라고 엘리자벳이 말했다.

라인하르트는 오목하게 오므린 손 사이로 외쳤다. "여

기로 와 줘요!" ─ "여기로 와 줘요!"라는 외친 소리가
되돌아왔다.

"사람들이 대답하고 있어!"라고 엘리자벳이 말하며
손뼉을 쳤다.

"아니야, 아무것도 아니었어. 그건 그저 메아리일 뿐
이야."

엘리자벳은 라인하르트의 손을 잡았다. "난 무서워!"
라고 그녀는 말했다.

"아니야, 그럴 필요 없어. 이곳은 정말 멋져. 저기 풀
사이 그늘에 앉아! 우리 조금 쉬자. 다른 사람들을 꼭
만나게 될 거야."라고 라인하르트가 말했다.

엘리자벳은 가지를 쭉 뻗은 너도밤나무 밑에 앉아서
온 사방으로 귀를 기울였다. 라인하르트는 그곳에서 몇
걸음 떨어진 그루터기에 앉아 말없이 그녀 쪽을 넘겨다
보았다. 태양은 그들 바로 위에 있었다. 정오의 열기가
작열하고 있었다. 금빛을 띤 강청(鋼靑)색의 작은 파리
들이 날개를 떨며 공중에 떠 있었다. 두 사람 주위에는
미세하게 붕붕거리고 윙윙대는 소리가 났다. 가끔 깊은
숲속에서 딱따구리들이 나무를 쪼는 소리와 다른 숲새
들이 짹짹거리는 소리가 들려왔다.

"들어봐! 무슨 소리가 나는데."라고 엘리자벳이 말
했다.

"어디에서?"라고 라인하르트가 물었다.

"우리 뒤편에서. 들려? 정오를 알리는 종소리야."

"그러면 우리 뒤편에 도시가 있다는 거야. 우리가 이 방향으로 똑바로 가면, 다른 사람들을 틀림없이 만날 수 있어."

그리하여 그들은 돌아가는 길에 올랐다. 딸기를 찾는 것은 포기했다. 그럴 것이 엘리자벳이 지쳐 있었기 때문이다. 마침내 나무들 사이로 사람들의 웃음소리가 들려왔다. 그 다음엔 흰색 천이 땅바닥에서 빛나고 있는 것이 보였다. 그것은 차려진 식탁이었고, 그 위에는 엄청나게 많은 딸기가 놓여 있었다. 그 늙은 신사는 단춧구멍에다 냅킨을 끼우고는 구워진 고기를 이리저리 썰어내며 아이들에게 도덕적인 연설을 계속하고 있었다.

아이들은 라인하르트와 엘리자벳이 나무들 사이로 오는 것을 보게 되자 "저기 낙오자들이 있어요."라고 외쳤다.

"이리로 와! 보자기는 쏟고, 모자는 뒤집어라! 이제 너희들이 찾은 것을 내보여라."라고 그 늙은 신사가 외쳤다.

"배가 고프고 목이 말라요!"라고 라인하르트가 말했다.

"그게 전부라면"하고 그 늙은이는 응답했으며, 먹을 것이 가득 담긴 그릇을 그들을 향해 치켜들고는 "그러면 너희들은 그에 상응하는 걸 받아야겠지. 약속한 걸 잘 알고 있을 테지. 이곳에선 게으름뱅이들에겐 먹을 것을 주지 않아."라고 말했다. 하지만 마침내 그는 라인하르트의 간청을 받아들였고, 이제 식탁이 차려졌다. 그리고 노간주나무 덤불에서 지빠귀가 우는 소리가 들렸다.

그날은 그렇게 흘러갔다. ― 하지만 라인하르트는 뭔가를 찾아냈었다. 그것은 딸기가 아니었다. 그것은 숲에서 자란 것이었다. 그는 집으로 돌아오자 오래된 양피지 노트에 다음과 같이 적었다.

이곳 산비탈
바람 소리 아주 그쳤네;
가지들은 아래로 쳐져 있고,
그 밑엔 그 아이 앉아 있네.

그녀는 백리향초(百里香草)들 속에 앉아 있네,
향기에 휩싸인 채;
파란 파리들은 윙윙대며,
대기 사이로 번쩍이고 있네.

숲은 너무도 조용하고,
그녀는 무척 유심히 그 안을 들여다보고 있네;
그녀의 갈색 고수머리 언저리를
햇빛 휘감으며 흘러가고 있네.

뻐꾸기는 먼 곳에서 울고,
불현듯 생각나네;
그녀는 숲의 여왕의
황금빛 눈을 가졌다네.

이렇듯 그녀는 단지 그가 보호해야 할 사람인 것만은
아니었다. 그에게 그녀는 피어오르고 있는 자신의 삶의
모든 사랑스러운 것과 모든 아름다운 것의 표상이기도
했다.

그 아이가 길가에 서서

크리스마스이브가 다가왔다. 아직은 오후였다. 라인
하르트가 다른 학생들과 시청 지하식당의 오래된 떡갈
나무 식탁에 함께 앉아 있었다. 벽에 걸린 램프들은 켜져
있었는데, 그럴 것이 이곳 아래엔 이미 어두워졌기 때문
이다. 손님들은 드문드문 모여 있었고, 웨이터들은 벽기
둥에 한가롭게 몸을 기대고 있었다. 둥근 천장의 한 쪽
구석에는 바이올린연주자와 집시를 닮은 고운 얼굴의
소녀 치터연주자가 앉아 있었다. 그들은 악기를 품에 놓

고 무심히 자신들의 앞을 보고 있는 것 같았다.

학생들의 식탁에서 샴페인 마개가 뻥하고 터졌다. "마셔 봐, 보헤미아 아가씨야!"라고 융커처럼 생긴 한 젊은 남자가 가득 찬 잔을 그녀에게 건네며 외쳤다.

그녀는 자세를 바꾸지 않고 "싫어요."라고 말했다.

"그러면 노래를 해!"라고 그 융커가 말하고선 그녀 품에 은화 한 닢을 던졌다. 바이올린연주자가 그녀의 귀에다 속삭이는 동안 그녀는 손가락으로 자신의 검은 머리카락을 천천히 쓰다듬었다. 그녀는 머리를 뒤로 젖히고 턱을 치터에 받쳤다. 그리고는 "저 사람을 위해선 연주하지 않겠어요."라고 그녀는 말했다.

라인하르트는 손에 잔을 들고 뛰어가서 그녀 앞에 섰다.

"왜 그러죠?"라고 그녀가 도발적으로 물었다.

"당신의 눈을 보려고요."

"내 눈이 당신과 무슨 상관인데요?"

라인하르트는 빛나는 눈빛으로 그녀를 내려다보았다. "그들이 잘못했다는 걸 잘 알고 있소!" — 그녀는 쫙 편 손에 자신의 뺨을 갖다 대고는 그를 노려보았다. 라인하르트는 잔을 자신의 입으로 가져갔다. 그는 "당신의 아름다운 눈, 죄를 범하도록 유혹하는 눈을 위하여!"라고 말하고는 잔을 들이켰다.

그녀는 웃었으며, 머리를 마구 이리저리 돌렸다. "주세요!"라고 그녀는 말했다. 까만 두 눈을 그의 두 눈에 고정하고 천천히 남은 것을 마셨다. 그런 다음 그녀는 3화음을 짚더니 깊고 열정적인 목소리로 노래했다:

> 오늘, 오직 오늘만
> 난 이토록 예쁘다네.
> 내일, 아! 내일이면
> 모든 것 사라지고 만다네!
> 오직 이 시간만
> 그대는 나의 것이라네;
> 죽어야 하네, 아! 죽어야 하네.
> 나 혼자.

바이올린연주자가 후반부를 빠른 템포로 연주하기 시작했을 때, 새로 온 사람이 무리에 합류했다.

"널 데리고 오려 했어, 라인하르트. 그런데 이미 떠나고 없더라고. 크리스마스 선물이 너한테 와 있어."라고 그는 말했다.

"크리스마스 선물이라고? 그런 건 더 이상 내게 오지 않아."라고 라인하르트가 말했다.

"무슨 소리야! 너의 온 방에서 전나무와 갈색과자 냄

새가 났어."

라인하르트는 잔을 손에서 내려놓고는 그의 모자를 집었다.

"왜 그러죠?"라고 소녀가 물었다.

"꼭 다시 오겠소."

그녀는 미간을 찌푸렸다. "잠깐!"하고 나지막이 부르고는 그를 다정스레 쳐다보았다.

라인하르트는 머뭇거렸다. "오지 못하겠소."라고 그는 말했다.

그녀는 미소를 지으며 발끝으로 그를 찼다. 그러면서 "가세요!"라고 말했다.

"당신은 아무 쓸모가 없어요. 당신들 모두 아무 쓸모가 없어요." 그녀는 몸을 돌렸고, 라인하르트는 천천히 지하계단을 걸어 올라갔다.

바깥 거리에는 어둠이 짙게 깔려 있었다. 그는 뜨거운 이마에서 신선한 겨울공기를 느꼈다. 이곳저곳에선 점등된 전나무의 밝은 빛이 창문으로부터 새어나오고 있었다. 때때로 건물 안쪽으로부터 작은 피리들과 금관 트럼펫들의 소리가 들려왔고, 그 사이마다 환호성을 지르는 어린아이들 소리가 들렸다. 한 무리의 구걸하는 아이들이 집집마다 돌아다녔으며, 혹은 계단 난간에 올라가서는 창문을 통해 ― 보는 것이 거부된 ― 멋진 광경을 들여다보려고 애썼다. 이따금씩 갑자기 문이 열렸으며, 꾸짖는 목소리들이 떼 지어 다니는 그 어린 방문객들을 밝은 집에서 어두운 골목길로 몰아냈다. 다른 곳에서는 현관에서 오래된 크리스마스 축가가 불려졌다. 거기에는 소녀들의 맑은 목소리도 섞여 있었다. 라인하르트에게는 그 목소리가 귀에 들어오지 않았으며, 그는 재빨리 모든 것을 지나쳐 갔다. 한 거리에서 다른 거리로. 집에 도착했을 때, 거의 완전히 어두워져 있었다. 계단을 걸려 넘어질 듯 올라가 그의 방에 들어섰다. 향긋한 내음이 그에게 몰려 왔다. 아늑한 느낌이 들었으며, 크리스마스에 꾸며지는 고향집 어머니 방의 냄새가 났다. 그는 떨리는 손으로 불을 켰다. 큼지막한 꾸러미가 책상 위에 놓여 있었다. 그것을 열자, 낯익은 갈색 크리스마스 과자들이 풀어져 나왔다. 몇 개의 과자 위에는 그의 이름의 첫 글자가 설탕으로 뿌려져 있었다. 그 다음엔 섬세하게 수가 놓인 속옷들이 든 작은 꾸러미가 나왔다. 수건들, 커프스, 마지막으로는 어머니와 엘리자벳의 편지가 있었다. 라인하르트는 먼저 엘리자벳의 편지를 읽었다. 엘리자벳은 이렇게 썼다.

"예쁜 설탕글자들은 이 과자를 만들 때 누가 도왔는지를 당신에게 잘 말해 줄 거예요. 그리고 같은 사람이 당신을 위해 커프스에 수를 놓았어요. 그런데 우리 집에선 크리스마스이브엔 아주 조용할 것 같아요. 어머니는 언제나 아홉 시 반이면 물레를 구석에다 갖다 놓으세요. 당신이 이곳에 없으니 이번 겨울은 정말 너무 쓸쓸해요. 그런데 지난 일요일에는 당신이 내게 선물한 홍방울새가 죽었어요. 난 몹시 많이 울었어요. 내가 언제나 잘 보살펴 주었는데 말이에요. 홍방울새는 해가 새장을 비추는 오후가 되면 언제나 울었어요. 알겠지만, 종종 어머니는 그 새가 온 힘을 다해 울 때면 조용히 하도록 새장 위에다 천을 덮어 놓았지요. 이제는 방 안이 예전보다 훨씬 조용해졌어요. 당신의 옛 친구인 에리히가 이따금 우리를 찾아오는 일을 제외하면 말이에요. 당신은 언젠가 그가 그의 갈색 프록코트를 닮은 것 같다고 말한 적이 있어요. 그가 문으로 들어올 때면 언제나 당신의 그 말을 생각하게 돼요. 정말 너무 우스꽝스러워요. 어머니에겐 말하지 마세요. 말하면 약간 불쾌해 하실 거예요. — 내가 크리스마스에 당신 어머니께 무엇을 선물할지 알아맞혀 보세요! 맞추지 못하겠다고요? 나 자신이에요! 에리히는 검정 분필로 나를 그리고 있는 중인데, 그를 위해 벌써 세 번이나 앉아 있어야 했어요. 매번 한 시간을 꼬박 말이에요. 낯선 사람이 내 얼굴을 그토록 샅샅이 알게 되는 것이 참으로 싫었어요. 난 원치 않았으나, 어머니가 내게 그렇게 하도록 권했어요. 어머니는 그렇게 하는 것이 베르너 부인(라인하르트의 어머니를 가리킴, 옮긴이)에게 아주 큰 기쁨을 안겨다 줄 거라고 말했어요.

　그런데 당신은 약속을 지키지 않네요, 라인하르트. 이야기를 하나도 써 보내지 않았어요. 나는 자주 당신 어머니께 하소연을 늘어놓았어요. 그러면 어머니께선 늘 말씀하세요. 이젠 제가 할 일은 그런 어린아이 같은 일 이상의 것이라고요. 나는 그렇게 생각하지 않아요. 그건 물론 다른 것이에요."

　이제 라인하르트는 어머니 편지도 읽었다. 두 편지를 읽고는 그걸 다시 천천히 접어 치워놓고 나자, 극심한 향수가 그를 엄습했다. 한동안 방 안에서 왔다 갔다 했다. 그는 혼잣말로 나지막하게, 겨우 알아들을 수 있는 소리로 이렇게 말했다.

　　그는 거의 길을 잃었고
　　어찌 할 바를 몰랐네;
　　그때 그 아이가 길가에 서서
　　그에게 집으로 돌아가라고
　　손짓했네!

　그런 다음 그는 책상으로 가서 약간의 돈을 꺼내고는 다시 길거리로 내려갔다. ― 그러는 사이에 길거리는 더 조용해져 있었다. 크리스마스트리의 불은 꺼져 있었고, 어린아이들의 행렬도 그쳤다. 바람이 쓸쓸한 거리를 휩쓸고 지나갔다. 노인들과 아이들이 집에서 화목한 분위기로 함께 앉아 있었다. 크리스마스이브의 제2막이 시작된 것이다.

라인하르트가 시청 지하식당 가까이에 갔을 때, 아래에서부터 바이올린소리와 여자 치터연주자의 노랫소리가 들려왔다. 이때 아래에서 지하실 문의 종소리가 났다. 정체를 알 수 없는 누군가가 넓은, 조명이 흐린 계단을 비틀거리며 올라오고 있었다. 라인하르트는 건물들 사이의 어두운 곳으로 들어갔으며, 그런 다음 재빨리 그곳을 지나쳐 갔다. 얼마 후 조명으로 환한 보석가게에 이르렀다. 이곳에서 그는 붉은 산호를 엮어 만든 작은 십자가를 구입한 다음 왔던 길을 걸어 다시 돌아갔다.

라인하르트는 그의 집으로부터 멀지 않은 곳에서 초라한 누더기를 걸친 어린 소녀가 높은 대문에 서 있는 것을 보게 되었다. 그녀는 문을 열려고 애쓰고 있었으나, 소용이 없었다. "내가 도와줄까?"라고 그가 말했다. 그 아이는 아무런 대꾸도 하지 않았으나, 무거운 문손잡이에서 재빨리 손을 떼었다. 라인하르트는 벌써 문을 열었다. 그는 "아니야, 사람들이 널 밖으로 내쫓을 수도 있어. 나와 함께 가자! 크리스마스 과자를 줄 게."라고 말했다. 그런 다음 그는 다시 문을 닫고 어린 소녀의 손을 잡았다. 그녀는 말없이 함께 그의 집으로 갔다. 그는 집을 나올 때 불을 켜 놓았었다. "여기 네 과자가 있다."고 그는 말했으며, 모든 귀한 것 절반을 그녀의 앞치마 안에 넣어주었으나, 다만 설탕글자가 쓰인 것들은 주지 않았다. "이제 집으로 돌아가거라, 그리고 엄마께도 이것을 나눠 드리려무나." 아이는 수줍은 눈빛으로 그를 올려다보았다. 아이는 그 같은 친절에 익숙지 않아서 그것에 대해 어떤 응답도 할 수 없는 듯 보였다. 라인하르트는 문을 열었고, 그녀를 위해 불빛을 비춰 주었다. 이제 아이는 과자를 가지고 새처럼 나는 듯이 계단을 내려가 집으로 달려갔다.

라인하르트는 난롯불을 휘저어 불꽃을 다시 일어나게 했으며, 먼지가 잔뜩 앉은 잉크병을 책상 위에 놓았다. 그리고는 의자에 앉아서 글을 썼다. 밤새 내내 어머니와 엘리자벳에게 보내는 편지를 썼다. 남은 크리스마스 과자는 건드리지 않은 채 그의 옆에 놓여 있었다. 하지만 엘리자벳이 보내준 커프스는 착용하고 있었는데, 예상 밖으로 입고 있는 흰 트위드재킷에 아주 잘 어울렸다. 라인하르트는 겨울 해가 얼어붙은 유리창에 비치면서 그의 맞은편 거울에 창백하고 근엄한 얼굴을 내보일 때에도 여전히 그렇게 앉아 있었다.

고향에서

부활절이 되자 라인하르트는 고향으로 갔다. 도착한 다음 날 아침 엘리자벳에게 갔다. 아름답고 가냘픈 소녀가 미소 지으며 다가오자 "많이 컸구나"라고 말했다. 그녀는 얼굴을 붉혔으나, 아무런 대꾸도 하지 않았다. 엘리자벳은 그가 맞이하며 잡은 손을 살며시 빼려고 했다. 그는 의아해하며 그녀를 쳐다보았다. 그녀는 예전에는 그렇게 하지 않았다. 마치 어떤 낯선 것이 그들 사이에 끼어들어 있는 것 같았다. ─ 이것은 그가 거기에 더 오래 있을 때에도, 그리고 매일 다시 와 있을 때에도 여전히 그랬다. 그들만이 함께 앉아 있을 때면 그의 마음이 불편해지는, 그래서 그가 불안해하며 벗어나려 애쓰는 순간들이 생겨났다. 그는 방학동안 일정한 얘깃거리를 갖기 위해 엘리자벳에게 식물학을 가르쳐주기 시작했다. 이 식물학은 그가 대학생활의 첫 몇 달 동안 아주 열심히 공부했던 것이다. 모든 일에서 그를 따르는 것에 습관이 돼 있는, 게다가 학습이 빠른 엘리자벳은 그것에 동의했다. 이제 일주일에 여러 번 들판으로 혹은 황야로 학습소풍을 갔다. 그럴 때면 정오에 그들은 풀과 꽃으로 가득한 식물채집통을 들고 집으로 왔으며, 몇 시간 후에 라인하르트는 함께 발견한 것들을 엘리자벳과 나눠 갖기 위해 그녀에게로 다시 왔다.

그런 일을 할 생각으로 어느 날 오후 그녀의 방 안으로 들어섰는데, 엘리자벳이 창가에 서서 금박을 입힌 새장을 ― 그는 평소 그 새장이 그곳에 있는 것을 본 적이 없었다 ― 신선한 계초(鷄草)로 장식하고 있었다. 새장 안에는 카나리아가 날갯짓을 하면서 엘리자벳의 손가락을 콕콕 쪼고 있었다. 이전에는 라인하르트의 새가 이곳에 앉아 있었다. "나의 가련한 홍방울새가 죽어서 금피리새(카나리아의 별칭, 옮긴이)로 변해버렸나?"라고 그는 명랑하게 물었다.

"홍방울새들이 그렇게 되진 않지"라고 안락의자에 앉아 물레질을 하고 있는 어머니가 말했다.

"자네 친구 에리히가 오늘 정오에 그의 농가에서 그 새를 엘리자벳에게 보내왔네."

"어떤 농가라고요?"

"그걸 모르는가?"

"뭘 말인가요?"

"에리히가 한 달 전 그의 아버지가 임멘호수에 가지고 있는 두 번째 농가를 물려받았다는 걸?"

"하지만 어머니께선 제게 그것에 대해선 한 말씀도 안 하셨어요."

"이보게. 자네도 자네 친구에 대해 한 마디도 안 물어 보았네. 그 사람 아주 사랑스럽고 사려 깊은 젊은이야." 라고 그녀의 어머니가 말했다.

어머니는 커피를 가져오기 위해 방을 나갔다. 라인하르트에게 등을 돌리고 있었던 엘리자벳은 아직도 그녀의 조그만 새장을 꾸미는 일에 열중하고 있었다. "잠깐만 기다려요, 곧 끝나요"라고 그녀는 말했다. ― 라인하르트가 평소와는 달리 대답을 하지 않자, 그녀는 몸을 돌렸다. 그의 두 눈에는 불현듯 근심하는 표정이 깃들어 있었는데, 여태까지 한 번도 본 적이 없는 것이었다. 그녀는 "무슨 일이 있어요, 라인하르트?"라고 가까이 다가가며 물었다.

"나에게?"라고 그는 멍한 채 물었으며, 눈은 꿈을 꾸듯 그녀의 눈에 머물고 있었다.

"많이 우울해 보여요."

"엘리자벳, 저 노란 새를 견딜 수가 없어."라고 그는 말했다.

그녀는 놀라워하며 그를 쳐다보았다. 하지만 그가 이해되지 않았다. "당신은 참으로 이상하군요."라고 그녀는 말했다.

라인하르트는 그녀의 두 손을 잡았고, 그녀는 자신의 손을 그의 손 안에 가만히 그대로 두었다. 이내 어머니가 다시 들어왔다.

커피를 마신 뒤 어머니는 물레에 앉았다. 라인하르트
와 엘리자벳은 그들의 식물들을 분류하기 위해 옆방으
로 들어갔다. 이제 꽃실(花絲)들이 세어졌고, 잎들과 꽃
잎들이 세심하게 펴졌다. 그리고 모든 종류에서 각각 2
개의 표본을 말리기 위해 2절지 크기의 큰 종이들 사이
에 끼워졌다. 화창하고 조용한 오후였다. 다만 옆방에서
어머니가 물레질 소리를 내고 있었다. 그리고 라인하르
트가 식물들의 분류항목을 말해주거나, 혹은 엘리자벳
이 라틴어 명칭을 서투르게 발음하는 것을 교정해줄 때
면 그의 억누른 목소리가 때때로 들렸다.

발견한 모든 것들에 대한 분류가 끝났을 때, 그녀는
"얼마 전부터 내겐 은방울꽃이 없어졌어요."라고 말했다.

라인하르트는 작은 흰색 양피지노트를 주머니에서 꺼
냈다. 반쯤 마른 식물을 그 노트에서 빼내며 "여기 은방
울꽃 줄기가 있어."라고 말했다.

엘리자벳은 글이 쓰인 종잇장들을 보자, "이야기들을
또 지었어요?"라고 물었다.

"이것은 이야기가 아니야."라고 그는 답하고 그 노트
를 그녀에게 내밀었다.

그것들은 순전히 시였다. 대부분의 시들은 기껏해야
한 페이지 분량이었다. 엘리자벳은 한 장씩 넘겼다. 그

녀는 단지 제목만을 읽는 듯했다. 〈그녀가 선생님으로부터 꾸지람을 들었을 때〉, 〈그녀가 숲에서 길을 잃었을 때〉, 〈부활절이야기와 함께〉, 〈그녀가 내게 처음으로 편지를 썼을 때〉. 거의 모든 제목들이 선율을 지닌 것으로 들렸다. 라인하르트는 그녀를 탐색하듯 쳐다보았다. 그는 엘리자벳이 계속 더 종잇장을 넘기는 동안 맑은 얼굴에 마침내 홍조가 귀엽게 피어나서는 점차 얼굴 전체로 퍼져나가는 것을 보았다. 라인하르트는 그녀의 눈을 보려고 했다. 하지만 엘리자벳은 올려다보지 않았으며, 다 읽은 다음에는 말없이 노트를 그의 앞으로 내밀었다.

"이렇게 돌려줘선 안 되지!"라고 그는 말했다.

그녀는 함석 통에서 갈색의 새싹을 꺼냈다. "당신이 좋아하는 풀을 이 노트에 넣을게요."라고 말하며 그 노트를 그의 두 손에 넘겨주었다. —

마침내 방학의 마지막 날이 다가왔고, 떠나야 할 아침이 되었다. 엘리자벳은 어머니에게 간청하여 친구와 역마차에까지 — 이 마차의 정거장은 그녀의 집에서 여러 거리 떨어진 곳에 있었다 — 동행하는 허락을 얻어냈다. 그들이 대문 앞으로 나섰을 때, 라인하르트는 그녀에게 팔짱을 끼었다. 그런 채로 그는 말없이 날씬한 소녀옆에서 계속하여 걸어갔다. 라인하르트는 목적지에 가까이 가면 갈수록 그만큼 더 그토록 긴 이별을 하기 전에 꼭 필요한 어떤 것, 즉 자신의 미래의 삶의 모든 가치와 모든 사랑이 달려 있는 어떤 것을 그녀에게 말해주어야 한다는 느낌이 들었다. 하지만 그걸 실행케 하는 말을 알지 못했다. 이 때문에 불안해졌다. 점점 더 천천히 걸었다.

"너무 늦겠어요, 성 마리아교회에서 벌써 10시를 알리는 종이 쳤어요."라고 그녀가 말했다.

하지만 그는 그 때문에 더 빨리 걷지는 않았다. 마침내 더듬거리며 "엘리자벳, 이제 2년 동안 나를 전혀 볼 수 없겠네 ─ 내가 다시 돌아오면 지금처럼 여전히 날 좋아해 줄 거지?"라고 말했다.

그녀는 고개를 끄덕였고, 그의 얼굴을 다정하게 쳐다보았다. ─ 그녀는 잠시 뒤 "난 당신을 편들었어요."라고 말했다.

"나를? 누구를 상대로 그럴 필요가 있었지?"

"내 어머니이지요. 어제 저녁 당신이 가고 난 뒤 우리는 얘기를 나눴어요. 당신에 대해서 오래도록 말이에요. 어머니는 당신이 더 이상 예전만큼 선량하지는 않다고 했어요."

라인하르트는 잠시 침묵했다. 그런 뒤 그녀의 손을 잡았다. 그리고는 그녀의 어린아이 같은 눈을 진지하게 응시하며 "난 아직 예전만큼 꼭 그렇게 선량해, 넌 꼭 그리믿어줘! 엘리자벳, 그걸 믿지?"라고 그는 말했다.

"네"라고 그녀는 말했다. 그는 그녀와 함께 재빨리 마지막 거리를 걸어 지나갔다. 이별이 가까이 다가올수록 그의 얼굴은 그만큼 더 기쁨에 차 있었는데, 라인하르트는 그녀에 비해 너무 빨리 걸었다.

"왜 그래요, 라인하르트?"라고 그녀가 물었다.

"비밀이 있어, 멋진 비밀이!"라고 그는 말하며 빛나는 두 눈으로 그녀를 쳐다보았다. "내가 2년 후 다시 돌아오게 되면, 알게 될 거야."

그러는 사이에 그들은 역마차가 있는 곳에 당도하였다. 아직은 시간이 충분하였다. 다시 한 번 라인하르트는 그녀의 손을 잡았다. "잘 있어, 잘 있어! 엘리자벳, 그걸 잊지마."라고 말했다.

그녀는 머리를 끄덕였다. "잘 지내요!"라고 엘리자벳이 말했다. 그는 마차에 올랐다. 말들이 움직이기 시작했다.

마차가 거리 모퉁이를 돌아갈 때, 그는 왔던 길을 천천히 되돌아가는 그녀의 사랑스러운 모습을 다시 한 번 보았다.

편지

거의 2년이 지난 후 어느 날 라인하르트는 책들과 종이들 사이에 놓인 램프 앞에 앉아서 그와 함께 공부하는 친구를 기다리고 있었다. 누군가 계단을 올라오고 있었다. "들어오세요" — 여주인이었다. "당신에게 편지가 왔어요, 베르너 씨!". 그런 다음 그녀는 다시 물러갔다.

라인하르트는 고향을 다녀온 이래 엘리자벳에게 편지를 쓰지 않았고, 또한 그녀로부터 더 이상 어떤 편지도 받지 못했다. 이 편지도 그녀로부터 온 것이 아니었다. 그것은 어머니에게서 온 것이었다. 라인하르트는 편지를 열어서 읽었다. 그리고 곧 이런 대목을 읽었다.

"얘야, 너의 나이엔 거의 모든 해가 제각기 자신만의 모습을 가지고 있다. 그럴 것이 젊음은 더 초라해질 수 없는 것이니까. 이곳에는 여러 가지 것이 달라졌다. 평소 내가 널 정확히 알고 있다면, 그것이 누구보다 네 마음을 아프게 할 것 같구나. 에리히가 지난 석 달 동안 청혼했다가 실패했으나, 드디어 어제 엘리자벳으로부터 승낙을 받았다. 그 아이는 늘 결심을 하지 못했는데, 이제 마침내 그런 결심을 한 것이다. 그 아인 아직은 퍽이

나 젊은데 말이다. 결혼식은 곧 있을 거란다. 그렇게 되면 그 어머니는 그들과 함께 떠날 것이다."

임멘호수

다시 여러 해가 지나갔다. 어느 따스한 봄날 오후 얼굴이 햇볕에 탄 건장한 젊은이가 숲의 그늘진 내리막길을 내려가고 있었다. 마침내 그는 단조로운 길의 변화를 기대하기라도 하는 듯 — 그러나 이 변화는 번번이 일어나지 않고 있다 — 회색빛의 진지한 두 눈으로 호기심을 가지고 먼 곳을 쳐다보았다. 이윽고 손수레가 서서히 아래로부터 올라오고 있었다. "여보세요! 임멘호수는 이렇게 가면 되나요?"라고 나그네는 옆에 가고 있는 농부에게 소리쳤다.

"계속 똑바로 가시오."라고 농부는 대답하며 그의 둥근 모자를 만지작거렸다.

"그곳까진 아직 먼가요?"

"신사 양반 바로 앞에 있어요. 조금만 가면 호수가 보여요. 본채(농가에서 주인이 기거하는 집, 옮긴이)가 그곳에 바짝 붙어 있고요."

그 농부는 지나갔다. 다른 남자는 더 서두르며 나무 아래에 나 있는 길을 따라 갔다. 15분쯤 지나자 왼쪽 편에서 갑자기 그늘이 끝나버렸다. 길은 비탈로 이어졌는데, 백 년쯤 되는 떡갈나무들의 우듬지만이 겨우 그 비탈 위로 솟아 있었다. 그 우듬지 너머로는 햇빛을 받고 있는 넓은 풍경이 펼쳐졌다. 그 아래 깊숙한 곳에는 짙푸르고 평온한 호수가 햇빛 가득한 푸른 숲으로 거의 에워싸여 있었다. 다만 그 숲은 한 곳에서만 갈라져 있어 저 아래 멀리까지 볼 수 있는 시야 — 물론 이 시야도 끝에 가서는 푸른 산들에 의해 갇혀 버리지만 — 를 열어주고 있었다. 푸른 잎을 두른 숲 한중간에는 뭔가 맞은편을 가로지르며 눈처럼 그 위를 덮고 있었다. 그것은 개화하고 있는 과일나무들이었다. 호숫가의 높은 곳인 그곳으로부터 빨간색 기와를 얹은, 흰색 본채가 솟아 있었다. 황새 한 마리가 굴뚝에서 날아올라 물 위에서 천천히 선회하고 있었다. — "임멘호수다!"라고 나그네는 외쳤다. 마치 그에게는 이제 여행의 목적지에 다다른 듯 한 느낌이었다. 그럴 것이 그는 움직이지 않고 서서 자기 발치에 있는 나무들의 우듬지 너머로 다른 편의 호숫가를 — 이 호숫가의 물에 본채의 모습이 조용히 흔들거리며 비치고 있었다 — 바라다보고 있었기 때문이다. 그런 다음 그는 갑자기 다시 길을 가기 시작했다.

길은 이제 거의 가파르게 산 아래로 나 있었는데 그 아래에 늘어선 나무들이 다시금 그늘을 만들어 주고 있었다. 하지만 호수를 볼 수 있는 시야를 막아버렸으며, 다만 이따금 나뭇가지들 사이의 빈틈으로만 호수가 빛나는 것이 보였다. 길은 다시 완만하게 위로 이어졌다. 이제 오른쪽과 왼쪽에서 숲이 사라졌다. 그 대신 잎이 무성한 포도밭이 길을 따라 펼쳐져 있난로불었다. 포도밭 양쪽에는 개화하고 있는 과일나무들이 서 있었는데 거기에는 윙윙거리며 꽃 속을 헤집고 있는 벌들이 가득했다. 갈색 프록코트를 입은 건장한 남자가 나그네를 향해 왔다. 그는 나그네에게 거의 다가갔을 때, 모자를 흔들며 낭랑한 목소리로 "환영한다, 환영해, 라인하르트! 임멘호수 농장에 온 것을 환영해!"라고 외쳤다.

"잘 있었나, 에리히, 환영해 주어 고마워!"라고 상대편이 그를 향해 소리쳤다.

그런 다음 그들은 서로에게 다가가서 악수를 했다. 에리히는 옛 학교친구의 진지한 얼굴을 아주 가까이에서 보며 "그런데 정말 너야?"라고 했다.

"물론 나야, 에리히. 너는 너고. 그런데 예전에 늘 그랬던 것보다 얼굴이 훨씬 더 밝아 보인다."

그런 말을 듣게 되자 에리히는 한층 더 즐거워하는 미

소를 지었는데, 이 미소는 덤덤한 얼굴 표정을 한결 더 명랑하게 만들었다. 에리히는 그에게 한 번 더 악수하며 "맞아, 라인하르트. 또한 그 이후부터 큰 행운을 얻었어, 너도 잘 알 거야."라고 말했다. 그리고는 기분이 좋아져 두 손을 비비며 큰소리로 말했다. "이건 깜짝 놀랄 일이 될 거야! 그녀는 이 일을 예상 못하고 있어, 전혀 말이야!"

"예상 못한 일이라고? 누가 말이야?"라고 라인하르트가 물었다.

"엘리자벳이."

"엘리자벳이! 그러면 내가 방문한다는 걸 말하지 않은 건가?"

"한마디도, 라인하르트. 그녀는 자네를 생각지도 못하고 있어, 어머니도 그렇고. 난 전혀 아무도 모르게 자네에게 편지를 썼어. 기쁨이 그만큼 더 커지도록하기 위해서지. 그런 식으로 계속 내 계획을 비밀스럽게 지켜온 거야."

라인하르트는 생각에 잠겼다. 그들이 농가 가까이에 갈수록 그는 숨쉬기를 힘들어하는 듯 보였다. 이제 포도밭은 길의 왼쪽 편에서는 끝이 났고, 그 대신 넓은 텃밭이 나왔는데, 거의 호숫가까지 뻗어 있었다. 그러는 사이에 황새가 내려 앉아 채소밭들 사이를 위엄 있는 자세로 이리저리 거닐고 있었다. "어랍쇼! 긴 다리의 이집트 놈이 또다시 내 짧은 완두콩 지지대를 훔쳐가네!"라고 손뼉을 치며 소리쳤다. 그 새는 서서히 날아오르더니 어떤 새 건물 ― 이 건물은 텃밭 끝에 있었고, 그곳 담벼락 위에는 복숭아나무와 살구나무의 묶어 올린 가지들이 뻗어 있었다 ― 의 지붕 위로 날아갔다. "저것은 주정공장이야. 2년 전에서야 지었어. 이 농사(農舍)는 작고한 아버지께서 새로 세우게 하셨고, 이 주거용 건물은 이미 할아버지께서 지으셨어. 이런 식으로 점점 조금씩 더 앞으로 나가고 있지."

그들은 이런 말을 나누며 어떤 넓은 곳으로 갔다. 이곳은 옆쪽에서는 시골풍의 농사들과, 뒤쪽에서는 본채와 경계를 이루고 있었다. 정원의 담벼락 뒤쪽에는 거무스레한 주목(朱木)들이 벽처럼 늘어서 있는 것이 보였다. 때때로 자정향나무들이 꽃피는 가지들을 마당 안으로 드리우고 있었다. 햇볕과 일 때문에 얼굴이 달아오른 일꾼들이 널찍한 그곳을 지나며 두 친구에게 인사를 했는데, 에리히는 몇 사람에게 임무 혹은 일과에 대해 큰 소리로 질문을 했다. ― 그런 후 그들은 집에 다다랐다. 높고 서늘한 현관이 그들을 맞이했다. 현관 끝에서 그들은 왼편의 약간 더 어두운 측랑(側廊)으로 접어들었다. 이곳에서 에리히는 문을 열었다. 그리고는 정원으로 나가는 널찍한 홀 안으로 들어갔다. 이 홀의 좌우측은 맞은편 창문들을 뒤덮고 있는 무성한 나뭇잎으로 인해 어스름한 푸르름으로 가득 차 있었다. 그 창문들 사이에는 높고 활짝 열린 두 개의 날개문이 봄의 충만한 햇빛을 안으로 들여보내고 있었으며, 또한 정확하게 측량된 화단들이 있는, 나뭇잎으로 뒤덮인 벽이 수직으로 높이 서 있는 정원 ― 이 정원 가운데는 넓고 똑바른 길이 나 있었는데, 이 길에서 호수뿐만이 아니라 맞은편 숲들도 더 폭넓게 바라볼 수 있었다 ― 의 안쪽을 내다볼 수 있게 해주었다.

정원의 문 앞 테라스에 흰 옷차림의 소녀 같은 여자가 앉아 있었다. 그녀는 일어서더니 들어가는 두 사람을 향해 다가왔다. 하지만 그녀는 반쯤 다가오다가 땅에 뿌리가 박힌 듯 멈춰 서서 가만히 낯선 사람을 응시했다. 그는 그녀에게 미소를 지으며 손을 내밀었다. 그녀는 "라인하르트! 라인하르트! 세상에, 당신이군요! ― 오랜만이에요."라고 큰 소리로 말했다.

"오랜만이군"이라고 그는 말했으나, 더 이상은 말할 수가 없었다. 그럴 것이 그녀의 목소리를 들었을 때, 가슴에서 어떤 미묘한 육체적인 통증을 느꼈기 때문이었다. 그가 엘리자벳을 보았을 때, 그녀는 여러 해 전 고향 도시에서 작별인사를 했을 때와 똑같이 날씬하고 사랑스러운 모습으로 자신 앞에 서 있었다.

에리히는 기쁨에 찬 빛나는 얼굴로 문에 그대로 서 있었다. "그런데 말이야, 엘리자벳, 그랬을 거야! 당신은 이 사람을 예상 못했을 거야, 전혀!"라고 그는 말했다.

엘리자벳은 누이같은 다정한 눈으로 그를 쳐다보았다. "당신은 참으로 좋은 사람이에요. 에리히!"라고 그녀는 말했다.

에리히는 그녀의 가느다란 손을 자신의 두 손으로 쓰다듬으며 감싸 잡았다. "이제 우리 이 사람을 만났으니 그렇게 빨리는 떠나게 하지 맙시다. 이 사람 객지에 너무 오래 있었으니, 집에 온 것처럼 느끼게 해줍시다. 아주 몰라보게 되었지만, 무척이나 고상해진 얼굴을 보구려!"

엘리자벳의 부끄러워하는 시선이 라인하르트의 얼굴을 스쳤다. "우리가 함께 하지 못했던 시간 때문이지."라고 그는 말했다.

그 순간 어머니가 자그마한 보관용 열쇠바구니를 팔에 끼고서 문으로 다가왔다. 라인하르트가 그녀를 보자, 그녀는 "베르너 씨! 아, 예기치 못했는데 정말 반가워요."라고 말했다. — 이제 대화는 질문과 대답을 오가며 순탄하게 이어져 갔다. 여자들은 그들의 일을 하기 위해 모여 앉았다. 라인하르트는 그를 위해 마련된 청량음료를 마시고 있었고, 그러는 동안 에리히는 단단한 해포석 담뱃대에 불을 붙여 연기를 내뿜기도, 열띠게 말을 주고 받기도 하며 그의 옆에 앉아 있었다.

다음 날 라인하르트는 그와 함께 나가야 했다. 경작지로, 포도원으로, 호프밭으로, 주정공장으로. 모든 것이 잘 되어가고 있었다. 들판과 가마솥에서 일하고 있는 사람들은 모두 건강하고 만족스러운 모습이었다. 정오에는 가족들이 정원으로 나가는 홀에 모였다. 그럴 때면 집주인들의 시간적인 여유에 따라 많든 적든 함께 하루를 보냈다. 라인하르트는 오전의 첫 몇 시간, 그리고 저녁식사 전의 몇 시간만 자기 방에서 일하며 지냈다. 그는 민중에게 살아 숨 쉬고 있는 시와 노래를 찾아내게 된 수년 전부터 이것들을 수집하였으며, 이제는 그 귀중한 것들을 정리하고, 또 주변지역에서 나온 새로운 것들을 기록하여 그 수를 늘리려고 했다. ― 엘리자벳은 어느 때나 상냥했고 호의적이었다. 그녀는 에리히의 한결같은 관심을 거의 순종에 가까운 감사함으로 받아들였는데, 이따금 라인하르트는 '예전의 명랑한 아이는 덜 조용한 여인이 될 것 같아 보였는데'라고 생각했다.

이곳에 머물게 된 둘째 날부터 라인하르트는 저녁에는 호숫가를 산보했다. 거기로 가는 길은 정원 바로 밑을 지나고 있었다. 정원 끝의 돌출된 방루(防壘)에는 벤치

하나가 키 큰 자작나무들 아래 놓여 있었다. 어머니는 그것을 저녁벤치라고 불렀는데, 왜냐면 그 자리는 저녁 무렵에 놓였고, 또 일몰을 보려고 이 시간쯤에 가장 많이 이용되었기 때문이다. ― 어느 날 저녁 라인하르트는 산책을 하고 그 길로 돌아오고 있었는데 갑자기 비를 맞게 되었다. 그는 물가에 있는 보리수나무 아래에서 비를 피하려 했다. 하지만 무거운 빗방울들이 곧 잎사귀들 사이로 떨어졌다. 흠뻑 젖어버린 그는 포기하고 돌아오는 길을 천천히 걷기 시작했다. 거의 어두워져 있었다. 빗줄기는 점점 거세지고 있었다. 저녁벤치에 가까이 다가가고 있었을 때, 라인하르트는 희미하게 빛나고 있는 자작나무 줄기들 사이에서 흰 옷차림의 여자를 보았다고 생각했다. 그녀는 움직이지 않았고, 그가 좀 더 가까이 가서 알아보려 했을 때, 마치 그녀는 누군가를 기다리기라도 한 듯 그가 있는 쪽으로 몸을 돌려 서 있었다. 그는 그것이 엘리자벳이라고 생각했다. 하지만 그녀에게로 가서 함께 정원을 지나 집 안으로 돌아가려고 더 빨리 다가가자 천천히 몸을 돌리더니 어두운 옆길로 사라져 버렸다. 그는 이 일을 이해할 수가 없었다. 엘리자벳에게 화가 날 지경이었다. 그럼에도 그것이 엘리자벳이었는지는 의심쩍었다. 하지만 그것에 대해 그녀에게 물어보는 것은 꺼려졌다. 그렇다, 그는 돌아올 때 정원으로 나가는 홀 안으로 들어가지 않았다. 정원 문을 지나 그곳 안으로 엘리자벳이 들어오는 것을 결코 보지 않으려 했기 때문이다.

어머니가 그것을 원했어요

며칠이 지난 후 어느 날 저녁 무렵이었다. 가족들은 이 시간쯤이면 늘 그러하듯 정원으로 나가는 홀에 함께 앉아 있었다. 문들은 열려 있었고, 태양은 이미 호수 저편 숲 뒤에 있었다.

라인하르트는 오후에 시골에 있는 친구가 보내준 몇 개의 민요를 소개해 달라는 부탁을 받았다. 그는 자신의 방으로 갔으며, 그런 다음 곧 종이두루마리를 가지고 돌아왔다. 이 두루마리는 깨끗하게 쓰여진 몇 장의 종이로 되어 있는 듯 보였다.

사람들은 탁자에 앉았다. 엘리자벳은 라인하르트 옆에 앉았다. "잘 되리라고 생각하고 읽어 보세. 나 자신도 아직 다 읽어보지 못했네."라고 그가 말했다.

엘리자벳은 두루마리를 굴려서 손으로 쓰여진 원고를

폈다. "여기 악보들이 있네요. 이걸 당신이 노래로 불러야겠어요, 라인하르트."라고 그녀가 말했다.

라인하르트는 먼저 티롤지역의 슈나더휘펠노래(독일의 바이에른 지역과 오스트리아에서 불리는 민중적이고 4행으로 이뤄진 짧은 노래, 옮긴이) 몇 개를 읽었는데, 읽을 때 이따금 반쯤 낮춘 목소리로 유쾌한 멜로디가 울려 나오게 했다. 이 작은 모임에 참여한 사람들 모두가 명랑한 기분에 사로잡히게 되었다. "누가 이 아름다운 노래를 지었을까요?"라고 엘리자벳이 물었다.

"아, 그거야 이것들을 들어보면 알 수 있지. 재단사, 미용사, 또한 그런 부류의 경박한 천민들이지 뭐."라고 에리히가 말했다.

라인하르트는 "그 노래들은 결코 만들어지지 않네. 그것들은 성장해가며, 갑자기 생겨나기도 하며, 마리아의 실(늦여름과 가을에 공중에 떠도는 거미줄, 옮긴이) 같이 이리저리 정처 없이 온 세상 위를 날아다니며, 그리고 수많은 곳에서 동시에 불리기도 하지. 우리 인간의 가장 고유한 행위와 아픔을 이 노래에서 발견할 수 있네. 마치 우리 모두가 이 노래를 만드는 걸 함께 도운 것처럼 말이네."라고 말했다.

그는 다른 종이를 집었다. "나 높은 산 위에 서서 …"

"그건 내가 잘 알아요! 먼저 노래를 시작해봐 줘요, 라인하르트. 내가 도울 게요."라고 엘리자벳이 큰소리로 말했다. 이제 그들은 인간에 의해 만들어진 것이라고는 생각할 수 없을 정도로 비밀스러운 그 멜로디를 노래했다. 엘리자벳은 약간 가라앉은 알토 목소리로 테너에 화음을 넣으며 노래했다.

그러는 동안 어머니는 쉬지 않고 열심히 바느질을 했다. 에리히는 두 손을 포개고 감동하며 경청했다. 노래가 끝났을 때, 라인하르트는 말없이 악보가 적혀 있는 종이를 한쪽으로 치웠다. 호숫가로부터 저녁의 고요를 뚫고 가축들이 내는 종소리가 들려왔다. 모두들 자신도 모르게 귀를 기울였는데, 그때 소년이 맑은 목소리로 부르는 노래가 들렸다.

나 높은 산 위에 서서
깊은 계곡을 내려다보고 있었네 …

라인하르트는 미소를 지으며 "잘 듣고들 있어? 저렇게 입에서 입으로 전해지는 것이네."라고 말했다.

"종종 이곳에서 불려지고 있어요."라고 엘리자벳이 말했다.

"맞아, 저것은 목동들의 카스파(노래의 일종, 옮긴이)야. 목동이 힘센 녀석들을 집으로 몰고 가고 있어."라고 에리히가 말했다.

그들은 종소리가 윗쪽 농사의 뒷편으로 사라질 때까지 한동안 더 귀를 기울였다. "저것은 원초적인 소리이네. 숲의 대지 속에 잠자고 있다네. 누가 그걸 찾았는지는 아무도 모르지만."이라고 라인하르트가 말했다.

그는 또다른 종이를 꺼냈다.

날은 이미 더 어두워졌다. 붉은 석양이 호수 저편 숲 위에 포말처럼 내려앉아 있었다. 라인하르트는 종이를 폈으며, 엘리자벳은 종이의 한쪽에 손을 올려놓고는 함께 들여다보았다. 라인하르트가 읽었다.

어머니가 그걸 원했어요,
다른 사람을 택해야 한다고.
이전에 지녔던 걸 내 가슴은
잊어야 한다고.
하지만 내 가슴은 그걸 원치 않았는데.

어머니가 원망스러워요,
내 뜻대로 해주지 않았어요.
여느 땐 칭찬받을 순종이
이젠 죄가 되었어요.
나 어찌해야 하나요!

모든 자부심과 기쁨 사라지고

그 대신 고통만 갖게 되었어요.
아, 그 일이 일어나지 않았다면
아, 거뭇한 광야를
구걸하고라도 걸어갈 수 있으련만!

　읽고 있는 동안 라인하르트는 눈에 띄진 않으나 종이
가 떨리는 것을 느꼈다. 그가 읽기를 마치자 엘리자벳은
조용히 그녀의 의자를 뒤로 밀고는 말없이 정원으로 내
려갔다. 어머니의 시선이 그녀를 따라가고 있었다. 에리
히가 뒤따라가려 했다. 하지만 어머니가 "엘리자벳이 바
깥에서 할 일이 있는 모양이야."라고 말했다. 그리하여
뒤따라가는 일은 일어나지 않았다.
　바깥에는 저녁의 어두움이 점점 더 짙게 정원과 호수
위로 드리워졌으며 밤나방들이 윙윙거리며 열린 문들을
― 이 문들로부터 꽃과 관목의 향기가 점점 더 강하게
밀려들어오고 있었다 ― 빠르게 날아 지나갔다. 물에서
개구리들의 울음소리가 들려왔다. 창문 아래에서는 나
이팅게일이 울었으며, 더 아래 정원에서는 또다른 나이
팅게일이 울었다. 달빛은 나무 위를 비추고 있었다. 라
인하르트는 엘리자벳의 가녀린 모습이 사라진, 나뭇잎
무성한 길들 사이를 잠시 바라다보았다. 그런 다음 원고
를 둘둘 말고는 참석한 사람들에게 인사를 하고 집을 가

로질러 물가로 내려갔다.

　숲은 침묵을 지키고 있었고, 그 그림자를 멀리 호수 — 호수의 중앙에는 달이 점점 밝아지는 가운데 매혹적인 빛을 드리우고 있었다 — 의 수면 위로 던지고 있었다. 때때로 나무들 사이로 나지막이 쏴쏴하는 소리가 들려왔다. 하지만 그것은 바람이 아니었다. 그것은 단지 여름밤이 호흡하는 소리였다. 라인하르트는 계속하여 호숫가를 따라 걸어갔다. 그는 뭍에서부터 돌팔매질하면 닿을 만한 곳에 흰 물백합이 있는 걸 알 수 있었다. 갑자기 그걸 가까이에서 보고픈 마음이 생겼다. 그는 옷을 벗고 물 안으로 들어갔다. 물은 얕았지만, 날카로운 식물들과 돌들이 두 발에 상처를 입혔다. 그는 계속하여 갔으나, 헤엄을 칠 수 있는 정도의 깊이에는 이르지 못했다. 그런데 갑자기 밑바닥이 사라져버렸다. 물이 그의 머리 위에서 소용돌이쳤다. 한참 지난 후에야 다시 수면 위로 올라왔다. 이제 그는 손과 발을 가볍게 움직이며 이리저리 헤엄쳐 빙빙 돌았으며, 그제야 자신이 어디에서부터 물 안 그곳까지 오게 되었는지를 알게 되었다. 이내 그는 그 물백합을 다시 보았다. 그것은 매끈한 큰 잎사귀들 사이에 외롭게 있었다. — 그는 천천히 헤엄쳐 나아갔는데, 이따금 물에서부터 팔을 치켜들자 아래로 흘러내리는 물방울들이 달빛에 빛났다. 하지만 마치

그와 꽃 사이의 거리가 여전히 그대로인 듯 했다. 그가
주위를 돌아보면, 호숫가만이 점점 더 알 수 없는 향기
속에 싸인 채 그의 뒤편에 놓여 있었다. 그러는 동안에도
그는 하던 동작을 멈추지 않았고, 같은 방향으로 힘차게
계속 헤엄을 쳤다. 마침내 그는 달빛에 은빛 잎사귀들을
분명하게 알아 볼 수 있을 정도로 그 꽃에 가깝게 갔다.
하지만 동시에 자신이 그물에 얽혀든 것 같은 느낌이 들
었다. 매끈한 수초 줄기들이 바닥에서 뻗어 올라 그의
발가벗은 팔다리를 휘감았다. 낯설게 여겨지는 물이 그
의 주위를 아주 시커멓게 둘러싸고 있었고, 뒤편에서는
물고기 한 마리가 튀어 오르는 소리가 들렸다. 그는 자연
의 여러 낯선 힘에서 갑자기 너무도 섬뜩한 느낌이 들어
수초들이 서로 얽혀 있는 부분을 완력으로 찢어내고 황
급히 뭍으로 헤엄쳐 갔다. 그가 뭍에서 호수를 되돌아보
았을 때, 그 백합은 이전처럼 먼 곳에, 거무스레한 깊은
그곳 위에 외롭게 있었다. — 그는 옷을 입고 천천히 집
으로 돌아왔다. 정원에서 홀 안으로 들어섰을 때, 그는
에리히와 어머니가 다음 날 떠나게 될 짧은 업무여행을
준비하고 있는 것을 보았다.

　"대체 이렇게 밤늦게 어디에 있었나요?"라고 어머니
는 그를 향해 큰 소리로 말했다.

　"저 말인가요? 물백합을 찾아보려 했습니다. 하지만

그러지 못했습니다."라고 그는 대답했다.

"자네 참으로 이상하군! 대관절 자네가 물백합과 무슨 관계가 있단 말인가?"라고 에리히가 말했다.

"예전에 한때 잘 알고 있었네, 이미 오래 전의 일이네만."이라고 라인하르트가 말했다.

엘리자벳

다음 날 오후 라인하르트와 엘리자벳은 호수 저편에서 산책했다. 때론 숲을 가로질러 갔으며, 때론 호숫가의 높고 돌출된 곳을 거닐었다. 엘리자벳은 에리히로부터 부탁을 받았다. 그와 어머니가 없는 동안 라인하르트에게 가장 가까운 주변지역, 그 중에서도 특히 다른 쪽 호숫가에서 바라보는 농가의 무척 아름다운 전망을 보여주라는 것이었다. 이제 두 사람은 차례로 이곳저곳을 거닐었다. 마침내 엘리자벳은 피곤하여 늘어뜨린 나뭇가지들로 생긴 그늘에 앉았고, 라인하르트는 그녀 맞은편 나무줄기에 기대어 서 있었다. 그때 숲의 더 안쪽에서 뻐꾸기 우는 소리가 들렸으며, 갑자기 이 모든 것이 예전

언젠가도 똑같이 있었던 것 같은 느낌이 들었다. 그는 알 수 없는 미소를 지으며 그녀를 쳐다보았다. "딸기를 찾아볼까?"라고 그는 물었다.

"딸기가 나는 철이 아니에요."라고 그녀가 말했다.

"하지만 곧 될 텐데."

엘리자벳은 말없이 고개를 가로 저었다. 그런 다음 그녀는 일어섰다. 두 사람은 산보를 계속했다. 그녀가 그렇게 그의 곁에서 걸어가고 있을 때, 그의 시선은 계속 그녀를 향하고 있었다. 그럴 것이 그녀가 마치 입고 있는 옷에 의해 실려 가는 듯이 아름답게 걸었기 때문이다. 그는 자주 자기도 모르게 한 발짝 뒤에 있게 되어, 그녀의 모습을 온전히 눈에 담을 수 있었다. 그렇게 그들은 먼 곳까지 볼 수 있는, 에리카로 뒤덮인 탁 트인 넓은 곳을 지나갔다. 라인하르트는 몸을 구부려 땅바닥에서 자라고 있는 에리카를 조금 꺾었다. 그가 다시 올려다보았을 때, 얼굴에는 심하게 고통스러워하는 표정이 드러나 있었다. "이 꽃 알아?"라고 그가 말했다.

그녀는 의아해하며 그를 쳐다보았다. "그것은 에리카에요, 종종 숲에서 꺾었어요."

"집에 오래된 노트가 하나 있어. 평소에 온갖 노래와 시를 적어놓곤 했지. 그러나 오랫동안 더 이상 그런 일이 없었어. 종이들 사이에는 에리카도 있어. 하지만 시들고

만 것일 뿐이지. 그걸 내게 준 사람이 누군지 알아?"라고 그는 말했다.

그녀는 말없이 고개를 끄덕였다. 엘리자벳은 시선을 아래로 내리고는 그의 손에 들려 있는 에리카만을 쳐다보았다. 그들은 한참 동안 그렇게 서 있었다. 그녀의 시선이 그에게로 향했을 때, 라인하르트는 그녀의 두 눈이 눈물로 가득한 것을 보았다.

"엘리자벳, 저 푸른 산 뒤편에 우리의 어린 시절이 있어. 그런데 어디에 남아 있을까?"라고 그가 말했다.

그들은 더 이상 아무 말도 하지 않았다. 그들은 말없이 호수로 나란히 걸어 내려갔다. 대기는 후덥지근했으며, 서쪽에는 수많은 검은 구름이 솟아오르고 있었다. "뇌우가 올 거예요."라고 엘리자벳은 발걸음을 서두르며 말했다. 라인하르트는 침묵한 채 고개를 끄덕였으며, 두 사람은 타고 온 조각배에 이르게 될 때까지 호숫가를 따라 빠르게 걸었다.

호수를 건너는 동안 엘리자벳은 손을 조각배의 가장자리에 가만히 놓고 있었다. 라인하르트는 노를 저으며 그녀 쪽을 넘어다보았다. 하지만 그녀는 그를 비켜지나 먼 곳을 바라보고 있었다. 그러자 그의 시선은 아래로 내려와 그녀의 손에 머물렀다. 그 창백한 손은 그녀의 얼굴이 감추고 있는 것을 말해주고 있었다. 라인하르트는 그녀 손에서 ─ 밤이면 아파하는 가슴 위에 놓이는 아름다운 손에 흔히 찾아드는 ─ 그런 남모르는 고통의 미묘한 움직임을 보았다. 엘리자벳은 그의 시선이 자신의 손에 머물고 있는 것을 느끼게 되자, 손을 서서히 물속으로 넣었다.

농가에 도착했을 때 그들은 본채 앞에 있는, 칼을 가는 사람의 수레와 마주쳤다. 검은 곱슬머리를 늘어뜨린 남자가 쉼 없이 열심히 바퀴를 밟아 돌리면서 치아 사이에서 집시의 선율을 흥얼거리고 있었는데, 그 옆에는 줄에 묶인 개가 숨을 헐떡이며 누워 있었다. 현관에는 당황해하는 고운 얼굴의 소녀가 누더기를 걸치고 서 있었는데, 엘리자벳에게 손을 뻗으며 구걸했다.

라인하르트는 자신의 주머니에 손을 넣었다. 하지만 엘리자벳이 그보다 먼저 행동을 취했는데, 그녀는 자신의 지갑 안에 있는 모든 것을 구걸하는 소녀가 벌린 손에 황급히 쏟았다. 그런 다음 그녀는 서둘러 몸을 돌렸다. 라인하르트는 그녀가 흐느끼며 계단을 내려가는 소리를 들었다.

그는 그녀를 붙잡으려고 했으나, 생각에 잠긴 채 계단에 머물러 있었다. 소녀는 받은 돈을 손에 쥐고서 아직도 여전히 현관에 꼼짝 않고 서 있었다. "더 원하는 거라도 있나요?"라고 라인하르트가 물었다.

그 소녀는 놀라 움찔했다. "원하는 건 더 이상 없어요."라고 그녀는 말했다. 그런 다음 얼굴을 그에게로 되돌리고는 둘 곳을 몰라 하는 두 눈으로 그를 응시하면서 천천히 문을 향해 갔다. 그는 어떤 이름을 크게 불렀다. 하지만 그녀는 그것을 더 이상 듣지 못했다. 머리를 숙이고, 두 팔은 가슴 위에 포갠 채 마당을 지나 성큼성큼 걸어 내려갔다.

　죽어야 하네, 아! 죽어야 하네.
　나 혼자!

어떤 오래된 노래가 귀에 살랑거렸고, 그의 숨은 멈췄다. 잠시 시간이 흘렀다. 그런 다음 그는 몸을 돌려 그의 방으로 갔다.

그는 글을 쓰려고 앉았다. 그러나 생각이 나지 않았다. 한 시간 가량 노력해봤으나 소용이 없자 가족들이 모이는 방으로 내려갔다. 그곳엔 아무도 없었으며, 단지 서늘하고 푸른 어스름만이 있었다. 엘리자벳의 바느질 탁자에는 오후에 목에 걸고 있었던 빨간 리본이 놓여 있었다. 그것을 손에 쥐었으나, 가슴이 아파왔다. 그걸 다시 제자리에 놓았다. 그는 안정을 찾지 못했다. 호수로 내려갔으며, 매여 있는 조각배를 풀었다. 그는 호수 위를 노 저어 갔으며, 조금 전 엘리자벳과 함께 했던 모든 길을 다시 한 번 걸었다. 그가 다시 집으로 왔을 때, 날은 어두워져 있었다. 마당에서 마차꾼을 만났다. 그 사람은 마차를 끈 말을 풀밭으로 데려 가려 했다. 여행을 떠났던 사람들이 방금 돌아온 것이다. 현관에 들어서면서 그는 에리히가 정원으로 나가는 홀에서 왔다 갔다 하는 소리를 들었다. 라인하르트는 그가 있는 곳으로 들어가지 않았다. 잠시 가만히 서 있었으며, 그런 다음 조용히 계단을 걸어 그의 방으로 올라갔다. 그곳에서 창가의 안락의자에 앉았다. 그는 마치 저 아래 벽처럼 늘어선 주목나무에서 노래하는 나이팅게일 소리를 듣기라도 하려는 것 같은 동작을 계속했다. 하지만 들려오는 것은 자신의 가슴이 고동치는 소리뿐이었다. 그의 방 아래의 집 안은 고요함에 빠져들고 있었으며, 밤은 깊어 갔으나 그는 이를 느끼지 못했다. ― 그렇게 그는 몇 시간 동안 앉아 있었다. 마침내 일어서서 열린 창문 밖으로 몸을 내밀었다. 밤이슬이 잎사귀들 사이에서 내리고 있었고, 나이팅게일은 이미 노래하기를 그쳤다. 그리고 밤하늘의 짙은 푸르름도 연노랑의 희미한 빛에 의해 동쪽에서부터 점차 쫓겨 나고 있었다. 상쾌한 바람이 일더니 라인하르트의 달아오른 이마를 쓰다듬었다. 첫 종달새가 환호성을 지르며 공중으로 날아올랐다 ― 라인하르트는 갑자기 몸을 돌려 책상에 다가갔다. 그는 연필을 더듬어 찾았다. 연필을 찾자, 앉아서 흰 종이에 글을 몇 줄 썼다. 글을 마치자 모자와 지팡이를 집었다. 글 쓴 종이를 남겨두고서 조심스럽게 문을 열고 현관으로 내려갔다 ─ 여명이 아직도 구석진 곳곳에 남아 있었다. 큰 집고양이가 멍석 위에서 기지개를 폈으며, 라인하르트가 무심코 그에게 내민 손을 향해 등을 곤두세웠다. 바깥 정원에는 벌써 참새들이 나뭇가지에서 지저귀며 모든 사람들에게 밤이 지났다고 말하고 있었다. 그때 윗쪽 집 안에서 문이 열리는 소리를 들었다. 누군가 계단을 내려오고 있었다. 올려다보았는데, 그의 앞에 엘리자벳이 서 있었다. 그녀는 손을 그의 팔에 올려놓았으며, 입술을 움직였으나, 그는 아무 말도 듣지 못했다. 마침내 그녀는 "다시 오진 않을 테죠, 난 알아요. 거짓말은 말아요. 당신은 결코 다시 오지 않을 거예요."라고 말했다.

"그럴 거야."라고 그는 말했다. 그녀는 손을 내려놓고 더 이상 아무 말도 하지 않았다. 그는 현관을 지나 문을 향해 걸어갔다. 그런 다음 다시 한 번 몸을 돌렸다. 그녀는 움직이지 않은 채 같은 곳에 서서 생기 잃은 눈으로 그를 쳐다보고 있었다. 그는 한 걸음 앞으로 걸어 나와서 그녀가 있는 쪽을 향해 두 팔을 쭉 뻗었다. 그런 다음 억지로 몸을 돌려 문을 나섰다. ─ 바깥에는 세상이 상쾌한 아침빛을 받고 있었으며, 거미줄에 걸려 있는 진주처럼 영롱한 이슬방울들은 이제 막 솟아오른 햇빛을 받고 반짝이고 있었다. 그는 뒤를 돌아보지 않았다. 빠르게 걸어 나갔다. 그의 뒤에서는 고요한 농가가 점점 사라져가고 있었고, 그의 앞에서는 크고 넓은 세상이 떠오르고 있었다.

노인

달은 더 이상 유리창 안을 비추지 않았다. 어두워져 있었다. 하지만 노인은 아직도 여전히 두 손을 포갠 채 안락의자에 앉아서 자기 앞쪽을 응시하고 있었다. 주위를 둘러싸고 있는 검은 어스름은 그의 눈앞에서 넓고 어두운 호수로 점차 물러갔다. 검은 물결이 다른 물결 뒤로 넘어갔다. 점점 더 깊게, 점점 더 멀리. 노인의 눈이 거의 닿지 못할 정도로 멀리 떨어진 곳의 마지막 물결 위에는 흰 물백합 한 송이가 넓은 나뭇잎들 사이에 외롭게 떠 있었다.

방문이 열렸다. 그리고는 한 줄기의 밝은 빛이 방 안

으로 들어왔다. "잘 왔소이다, 브리기테. 불을 책상 위에 놓아두시오."라고 노인은 말했다.

그런 다음 그는 의자를 책상이 있는 데로 옮겼으며, 펼쳐 있는 책들 가운데 하나를 집어 들고는 오래 전 젊은 시절에 힘을 쏟았던 연구에 깊이 빠져 들었다.

철로지기 틸

I

철로지기 틸은 일하는 날이나 아파서 누워 있는 날을
제외하고는 일요일은 언제나 노이-치타우에 있는 교회
에 앉아 있었다. 그는 10년 동안 두 차례만 아팠다. 한
번은 지나가는 증기 기관차의 탄수차량(炭水車輛)(증기기
관차에 석탄과 물을 공급하는 차량으로 기관차에 붙어 있음, 옮긴이)
에서 떨어진 석탄 덩어리 때문이었는데, 그는 그것에 맞
아 다리가 부서지며 철로 해자(垓子)에 내동댕이쳐졌다.
또 한 번은 포도주병 때문이었는데, 빠르게 지나가는 급
행열차에서 날아온 병이 그의 가슴 한가운데를 때렸다.
이 불행한 두 사건을 제외하고는 일하지 않는 날에 그를
교회에 가지 못하게 하는 것은 없었다.

처음 5년 동안 그는 슈프레 강변의 이주지역인 쉔-쇼
른슈타인을 넘어 노이-치타우로 가는 길을 혼자서 걸어
야 했다. 그런 후 어느 화창한 날 가냘프고 병약해 보이
는 여자와 동행하고 나타났는데, 사람들이 생각하듯이
그녀는 그의 큰 몸집과는 어울리지 않았다. 또 다시 어느
화창한 일요일 오후에 교회 제단에서 그 여자에게 손을
내밀며 평생을 함께 하겠다는 약속을 했다. 젊고 연약한
아내는 2년 동안 교회에서 그의 옆 자리에 앉았다. 그리

고 뺨이 홀쭉하고 고운 그녀의 얼굴은 햇볕에 갈색으로 그을린 그의 얼굴 옆에서 2년 동안 아주 오래된 찬송가 책을 들여다보았다. ― 그러다 갑자기 철로지기는 예전처럼 다시 혼자 앉아 있게 되었다.

그 앞 주의 어느 평일에 조종(弔鐘)이 울렸었고, 그것이 전부였다.

사람들이 확신하고 있듯 철로지기에게서 거의 어떤 변화도 읽을 수 없었다. 깨끗한 나들이옷 단추들은 예전처럼 반짝거리게 닦여 있었으며, 언제나 그런 것처럼 붉은 머리는 기름이 잘 발려져 있었고, 군인처럼 가르마가 타져 있었다. 다만 넓고 털이 난 목을 약간 숙이고서 예전보다 더 열심히 설교에 귀를 기울이거나 찬송가를 불렀다. 대부분의 사람들은 그에게는 아내의 죽음이 그다지 고통스러운 것이 아니라고 생각했다. 이러한 생각은 틸이 일 년이 지난 후에 두 번째로 결혼했을 때, 그것도 몸집이 우람하고 힘센 알테-그룬트 출신의 소젖 짜는 여자와 결혼했을 때, 확실한 것으로 받아들여졌다.

목사도 틸이 결혼신고를 하러 왔을 때 상당히 의심을 표하는 말을 했다.

"그러니까 벌써 다시 결혼을 한다는 겁니까?"

"살림살이를 죽은 사람과 할 수는 없지요. 목사님!"

"아, 물론입니다. 하지만 내 생각엔 ― 조금은 서두르는 것 같습니다."

"어린것이 죽어가고 있습니다, 목사님."

틸의 아내는 산욕기간에 죽었고, 그녀가 낳은 아이는 살아서 토비아스라는 이름을 갖게 되었다.

"그렇군요, 어린 것이."라고 목사는 말했으며, 그 아이를 이제야 기억하게 되었다는 것을 분명하게 보여주는 몸짓을 했다. "그렇다면 문제가 다르지요. ― 그런데 도대체 일할 동안엔 아이는 어디에 두고 있었던 겁니까?"

틸은 토비아스를 어떤 늙은 여자에게 맡겼는데 그녀가 한번은 화상을 입힐 뻔했으며, 또 한번은 토비아스가 다행히도 커다란 혹이 생긴 것 이상의 일은 없었지만 그녀의 품에서 바닥으로 떨어졌다는 얘기를 했다. 그는 토비아스가 너무나 허약하여 아주 특별한 보살핌이 필요하므로 이대로 놔두어선 안 된다고 말했다. 이 때문에, 그리고 더 나아가서는 그가 아이의 행복을 위해 언제나 많은 관심을 쏟겠다고 죽은 이에게 굳게 약속했기 때문에 재혼할 결심을 했다고 말했다. ―

이제 일요일마다 교회에 오는 새 부부에 대해 사람들은 겉으론 불만스러운 것은 전혀 없었다. 이전에 소젖짜는 일을 했던 여자는 철로지기에게 잘 어울려 보였다. 그녀는 그보다 겨우 머리 반 정도만 작았으며, 팔다리는 그보다 더 굵었다. 또한 그녀의 얼굴은 틸처럼 아주 거칠게 생겼는데, 다만 그의 얼굴과는 대조적으로 자애로움이 없었다.

틸은 두 번째 아내만큼은 강건한 일꾼, 모범적인 살림꾼이었으면 하는 바람을 갖고 있었는데 이 바람은 놀랍게도 이루어졌다. 그 대신 그는 아내를 얻으면서 자신도 모르게 세 가지 것을 감수했다. 그것은 강한 지배욕, 투쟁욕, 난폭한 열정이었다. 한 해의 절반이 지났을 때, 철로지기 집에서 주도권을 잡고 있는 사람이 누구인가를 그곳 사람들은 잘 알게 되었다. 모두들 철로지기를 안쓰럽게 여겼다.

격분한 남편들은 그녀가 틸처럼 순한 사람을 남편으로 맞이하게 된 것은 그 "여편네"에겐 행운이며, 세상에는 그녀 같은 여자를 심하게 냉대할 남편은 많다고 말했다. 그들은 그런 〈짐승〉은 길들여져야 하며, 그것은 때리는 것 이외의 다른 방법은 없다고 했다. 그녀를 호되게 때려줘야 하며, 그러면 곧 효과가 있게 되리라는 것이다.

그러나 그녀를 호되게 때리는 것은, 틸의 생각으론 ─ 자신이 근육질의 두 팔을 갖고 있지만 ─ 남자가 할 일은 아니었다. 사람들이 열을 내는 그 일은 그에게는 크게 걱정해야 할 일이 아닌 듯 여겨졌다. 그는 아내의 끝없는 설교를 보통은 말없이 받아들였다. 그리고 그가 대답을 할 때 시간을 질질 끌며 하는 말투와 나지막하고 냉랭한 어조는 날카롭게 소리 지르며 퍼붓는 아내의 말과 매우 기묘한 대조를 이루었다. 바깥세상이 그에게 해악을 끼칠 수는 없는 듯 했다. 마치 그가 자신 안에 뭔가를 가지고 있어 바깥세상이 그에게 끼치는 모든 해악을 선량함으로 충분히 상쇄시킬 수 있는 것 같아 보였다.

그러나 틸이 그의 줄기찬 무관심에도 불구하고 그냥 쉽게 넘어가주지 않는 순간들이 있었다. 그것은 언제나 어린 토비아스와 관련된 그런 일에서였다. 그럴 때면 어린아이를 좋아하고 유순한 기질을 가진 그는 레네 같이 아주 거친 성격의 소유자조차도 감히 맞설 수 없는 단호한 면모를 보였다.

하지만 그가 그런 면모를 드러내는 순간들은 시간이 지나감에 따라 점점 드물어졌으며, 결국에는 완전히 자취를 감춰버렸다. 마찬가지로 그가 첫 해에 레네의 지배욕에 맞서 어느 정도 고통하며 보여준 저항도 두 번째 해에는 사라져버렸다. 그는 그녀를 사전에 진정시키지 못하여 격한 언쟁이 벌어지곤 했는데, 그럴 때면 예전의 무관심을 더 이상 발휘하지 못했다. 그가 자신을 낮추고 결국에는 그녀에게 다시 잘해보자고 부탁하는 일이 자주 있었다. ― 변경(邊境)지역의 소나무 숲 한가운데 있는 틸의 쓸쓸한 초소는 이제 더 이상 예전과 같이 그가 가장 좋아하는 거처가 아니었다. 죽은 아내를 조용히 몰입하며 생각하는 것은 함께 사는 여자에 대한 생각 때문에 못하게 되었다. 처음처럼 마지못해 집으로 가는 발걸음을 옮기는 것이 아니라, 번번이 교대 시간이 되기까지 얼마나 남았는지를 시와 분단위로 세고서는 몹시 서둘러 집으로 갔다.

첫 아내와는 보다 정신적인 사랑으로 결합되어 있는 그는 자신의 거친 본능의 힘으로 말미암아 두 번째 아내에게 지배되었으며, 마침내 모든 것에서 거의 무조건적으로 그녀에게 종속되었다. ─ 그는 상황의 이같은 격변에 대해 때때로 양심의 가책을 느꼈는데, 이를 극복하기 위해서는 몇 가지의 이상한 보조수단이 필요했다. 그래서 그는 자신이 살펴보아야 하는 열차 대기초소와 철로구간을 남몰래 ─ 오로지 죽은 이의 영혼에게만 바쳐야 할 곳으로 ─ 말하자면 성스러운 곳으로 여겼다. 실제로 틸은 아내가 그곳으로 동행하는 것을 온갖 핑계를 내세워 막는 것에 여태까지 성공했다.

그는 이후로도 그럴 수 있기를 바랐다. 초소의 번지를 전혀 모르는 아내가 그의 〈오두막〉을 찾으려면 어느 방향으로 가야 하는지 알 수 없을 터이니까.

그리하여 틸은 그가 마음대로 사용할 수 있는 시간을 살아 있는 이와 죽은 이로 엄밀하게 나눠 쓸 수 있게 됨으로써 실제로 양심의 가책을 진정시킬 수 있었다.

하지만 때때로, 또한 특별히 그가 홀로 명상에 젖는 — 죽은 이와 매우 내밀하게 결합되는 — 순간에는 자신의 현재상태의 진실한 모습이 보였으며, 그런 모습에 역겨움을 느꼈다.

그가 낮 근무를 할 때면, 죽은 이와의 정신적인 교류는 두 사람이 생전에 함께 했던 때의 수많은 사랑스런 기억에 국한되었다. 하지만 눈보라가 소나무들을 지나 철로 위를 휘몰아치는 깊은 한밤중에 그의 랜턴에 불이 켜지면, 철로지기초소는 예배당이 되었다.

그의 앞에 있는 책상 위에는 죽은 이의 색 바랜 사진이 놓여 있었고, 그리고 찬송가와 성경이 펼쳐져 있었는데, 틸은 — 기차가 간간이 시끄럽게 질주하며 지나갈 때만 중단될 뿐 — 긴 밤 내내 번갈아 가며 그것을 읽고 노래했다. 이럴 때면 황홀경에 빠져들었으며, 이 황홀경은 죽은 아내를 자기 앞에서 생생하게 보게 되는 그런 환영(幻影)의 상태에까지 고조되었다.

틸이 이미 만 10년을 한결같이 지키고 있는 초소는 그것이 외딴 곳에 멀리 떨어져 있어 그의 신비주의적인 성향을 촉진하는 데에 적합했다.

동서남북의 어떠한 풍향에서 보아도 모든 인가로부터 적어도 45분 거리에 떨어져 있는 그 오두막은 숲의 한중간에 위치한 철도 건널목 — 철로지기는 이 건널목의 차단봉을 관리해야 했다 — 바로 옆에 있었다.

철로지기와 그의 동료를 제외하면 사람의 발길이 이곳을 지나가지 않는 때가 여름에는 여러 날이었고, 겨울에는 여러 주였다. 이 외딴 곳에서의 유일한 변화는 주기적으로 바뀌는 날씨와 계절뿐이었다. 또한 앞에서 말한 두 번의 불행한 사건 외에 틸의 규칙적인 근무의 흐름을 중단시킨 사건들은 쉽게 무시해 버릴 수 있는 것들이었다. 4년 전에 황제를 브레스라우로 태우고 가는 황제전용 특별열차가 쫓기듯 지나갔다. 어느 겨울밤에는 급행열차가 수노루 한 마리를 치었다. 또한 어느 뜨거운 여름날 틸은 자신이 담당하는 철로구간을 살펴보다가 코르크로 막은 포도주병을 발견했다. 그 병은 만져보니 매우 뜨거웠고, 그래서 그는 그 내용물이 아주 좋은 것이라 여겼다. 왜냐면 코르크를 제거하자 내용물이 분수의 물줄기처럼 솟아나왔고, 따라서 숙성된 것이 분명했기 때문이었다. 식히려고 숲 호수가의 얕은 곳에 놓아둔 그 포도주병은 어찌된 영문인지 거기에서 없어졌는데, 그래서 그는 몇 년이 지난 후에도 그걸 잃어버렸다는 것에 대해 애석해 할 수밖에 없었다.

초소 뒤편 가까이에 있는 샘물은 철로지기에게 적지 않은 휴식거리가 되었다. 근처에서 일하는 철도노동자들 혹은 전신국노동자들이 때때로 샘물 한 모금을 들이켰는데, 이럴 때면 자연히 짧은 대화가 오갔다. 또한 산림원들도 때때로 와서 물을 마셨다.

토비아스는 성장이 아주 느렸다. 두 번째 생일이 지난 무렵에서야 겨우 말하고 걷는 것을 배웠다. 아이는 아버지를 아주 특별히 좋아했다. 그가 말귀를 점점 더 잘 알아듣게 되면 될수록 아버지의 옛사랑 또한 다시 깨어났다. 아버지의 옛사랑이 커져갈수록 토비아스에 대한 의붓어머니의 사랑은 줄어들었으며, 레네가 일 년 후 그녀 또한 아이를 낳게 되자 그것은 확연하게 혐오로 급변했다.

토비아스에게는 이때부터 고난의 시간이 시작되었다. 그는 특별히 아버지가 없을 때 끊임없이 괴롭힘을 당했으며, 허약한 체력을 쏟아 부으며 울어댔으나 — 그는 이렇게 하는 동안 점점 지쳐갔다 — 이것이 그에겐 조금도 도움이 되지 않았다. 그의 머리는 비정상일 정도로 컸다. 불타는 듯한 붉은 머리칼과 그 아래의 백악(白堊)같이 흰 얼굴은 추한 인상을, 빈약한 몸과 결합되어선 불쌍한 인상을 주었다. 발육이 부진한 이런 모습의 토비아스가 건강이 넘치는 어린 동생을 팔에 안고서 저 아래 쉬프레강으로 겨우 몸을 끌고 갈 때면, 주변의 작은 집들 창문 뒤편에서는 저주하는 말소리가 — 그러나 그것은

결코 감히 밖으로 자신의 모습을 드러내려고는 하지 않
았다 ― 커져갔다. 하지만 특히 이 일과 관련 있는 틸은
이에 대해 전혀 모르는 듯 보였으며, 호의적인 이웃사람
들이 보내는 암시까지도 알아차리려 하지 않았다.

II

6월 어느 날 아침 7시쯤에 틸은 근무를 마치고 왔다.
아내는 그를 맞이하는 인사를 채 끝내기도 전에 평소처
럼 불평하기 시작했다. 여태까지 가족들에게 필요한 감
자를 제공해온 빌린 땅이 몇 주 전 해약되었으나, 레네
는 대신할 땅을 지금까지 찾지 못하고 있었다. 경작지
문제는 그녀의 소관이지만, 틸은 그녀로부터 올해에 많
은 돈을 주고 감자 열 자루를 사야 한다면 이에 대해서
는 틸 자신 말고는 그 어느 누구도 책임이 없다는 말을
두 번씩이나 듣게 되었다. 그는 투덜거리기만 하고서 레
네의 말에는 주의를 기울이지 않고 곧장 큰 아이의 침대
로 ― 근무가 없는 밤이면 두 사람이 함께 했던 ― 갔
다. 그는 이곳에 앉았고, 선량한 얼굴에 걱정스런 표정을

지으며 자고 있는 아이를 살펴보았다. 그는 끈질기게 달려드는 파리들을 잠시 쫓아준 다음 마침내 아이를 깨웠다. 깨어나는 아이의 파랗고 깊숙한 두 눈 속에는 사람을 감동케 하는 기쁨이 깃들어 있었다. 그는 입가에 애처로운 미소를 띠며 화급히 아버지의 손을 잡았다. 곧이어 철로지기는 아이를 도와 몇 가지 안 되는 옷을 입혔다. 그러다 아이의 약간 부어오른 오른 뺨에 여러 개의 손가락 자국이 — 붉은 바탕에 희게 — 또렷이 드러나 있는 것을 알아차리자 갑자기 그림자 같은 어떤 뭔가가 그의 표정을 스치고 지나갔다.

레네가 아침식사에서 더욱 커진 열의를 가지고 화제를 살림문제로 돌리자, 틸은 말을 가로채고는 철로주임이 초소에 인접한 철둑길을 따라서 있는 땅 한 떼기를 그에게 공짜로 맡겼는데 그 까닭은 땅이 그 사람에겐 너무 멀리 있기 때문이라 한다고 말해주었다.

레네는 처음에는 그것을 믿으려 하지 않았다. 하지만 의심은 점차 사라졌으며, 이제 그녀는 눈에 띄게 기분이 좋아졌다. 그녀는 땅의 크기와 토질에 대한 질문과 다른 많은 질문들을 마구 해댔다. 모든 질문 가운데 그 땅에 두 그루의 전정(剪定)과일나무(과일의 품질을 높이기 위해 규칙적으로 가지를 잘라주는 나무, 옮긴이)가 서 있을 거라는 얘기를 듣게 되자 그녀는 제정신이 아니었다. 더 이상 물어볼

것이 없어졌고, 게다가 작은 식료품 가게주인이 가게를 연다는 문의 종소리를 — 덧붙여 말하자면 이 소리는 마을의 모든 집에서 들을 수 있었다 — 계속 울리자 그녀는 새로운 소식을 마을에 퍼뜨리기 위해 급히 밖으로 나갔다.

레네가 물건으로 가득 찬 가게주인의 어두운 저장고에 들어가는 동안 철로지기는 집에서 오로지 토비아스에게만 신경을 썼다. 아이는 그의 무릎에 앉아서 틸이 숲에서 가져온 몇 개의 솔방울을 가지고 놀았다.

"넌 뭐가 되고프냐?"라고 아버지는 아이에게 물었는데, 이 물음은 "철로주임"이라는 아이의 대답처럼 판에 박은 것이었다. 그것은 재미삼아 하는 질문이 아니었다. 그럴 것이 철로지기의 꿈은 실제로 그 정도 높이까지 올라가 있었기 때문이다. 그는 토비아스가 하나님의 도움으로 예사롭지 않은 인물이 되기를 진지하게 바라고 또 희망했다. "철로주임"이라는 대답이 아이의 핏기 없는 입술에서 — 물론 그 대답이 어떤 의미가 되는지를 아이는 모르고 있지만 — 나왔을 때, 틸의 얼굴은 밝아지기 시작했으며, 이윽고 내적인 행복감으로 아주 빛났다.

잠시 후 그는 "자, 토비아스야, 놀러 가거라!"고 말하며 화덕에 불을 붙인 나무쪼가리로 담뱃대에 불을 붙였다. 곧바로 아이는 수줍어하면서도 기뻐하며 문을 슬슬 빠져나갔다. 틸은 옷을 벗고 침대로 갔다. 그는 한참 동안 생각에 잠긴 채 금이 간 낮은 천장을 응시하더니 잠들었다. 낮 12시경 깨어나서는 옷을 입었고, 아내가 그녀 특유의 소란스러운 방식으로 점심을 준비하고 있을 때 거리로 나갔다. 거기에서 그는 곧바로 토비아스를 붙잡았다. 토비아스는 손가락으로 벽의 구멍에서 석회를 긁어내어 입 안에다 넣고 있었다. 철로지기는 토비아스의 손을 잡고 그곳에서 대략 여덟 채 정도의 집을 지나 슈프레강으로 함께 내려갔다. 강은 잎사귀가 이제 막 나기 시작한 포플러나무들 사이에서 거뭇하면서도 유리처럼 반짝이며 흐르고 있었다. 강가 바로 가까이에 화강암 바위가 있었는데, 틸은 그 위에 앉았다.

날씨가 크게 나쁘지 않을 때면 이곳에서 철로지기를 보는 것은 온 마을 사람들에게는 예사로운 일이었다. 특히 아이들은 그를 따랐으며, "틸 아빠"라고 불렀고, 틸이 기억해낸 어린 시절의 여러 가지 놀이를 배웠다. 하지만 틸이 기억해낸 것들 가운데 가장 좋은 놀이는 토비아스를 위한 것이었다. 그는 토비아스에게 경첩화살을 깎아 만들어 주었는데, 이 화살은 모든 다른 아이들의 그것보다 더 높이 날았다. 토비아스에게 버들피리도 만들어 주었고, 심지어는 내키지 않는데도 주머니칼의 뿔 손잡이로 버드나무 껍질을 가볍게 두드리며 탁한 저음으로 귀신을 쫓아내는 노래를 해주기까지 했다.

사람들은 그의 유치한 짓을 좋지 않게 여겼다. 그가 어떻게 코흘리개들과 그토록 잘 놀 수가 있는지 그들에게는 이해되지 않았다. 하지만 그들은 근본적으론 이에 만족했다. 그럴 것이 아이들은 그의 보살핌으로 잘 지냈기 때문이었다. 그는 그것 외에도 아이들을 위해 진지한 일을 하려고 했는데, 큰 아이들에게는 학교숙제를 어떻게 하고 있는지 물어보았고, 성경구절과 찬송가구절을 배우는 것을 도왔으며, 어린 아이들과는 a ─ b ─ ab, d ─ u ─ du 등등과 같은 철자말하기 연습을 했다.

철로지기는 점심을 먹고 난 후 휴식하기 위해 다시 누웠다. 휴식이 끝나자 오후의 커피를 마셨으며, 그런 다음 바로 근무하러 가기 위한 준비를 시작했다. 자신의 업무를 위해서도 그런 것 같이 철로지기에게는 이 준비에도 많은 시간이 필요했다. 손놀림은 오래 전부터 숙련된 것이었다. 작은 호두나무 상자 위에 세심하게 펼쳐져 있는 물건들, 즉 칼, 수첩, 빗, 말의 이빨, 케이스에 든 오래된 시계가 언제나 그랬듯이 같은 순서로 그의 옷 주머니 안으로 옮겨졌다. 붉은 종이에 싸인 작은 책자는 특별히 세심하게 다뤄졌다. 그 책자는 밤 동안에는 철로지기의 베개 밑에 있었고, 낮에는 항시 근무복 상의의 가슴주머니에 가지고 다녔다. 겉표지 아래의 표기란에는 서툴지만 무늬를 넣은 글씨체의 "토비아스 틸의 저금통장"이라는 그가 쓴 글자가 쓰여 있었다.

틸이 떠날 때, 추가 길고 숫자판이 누렇게 뜬 벽시계는 4시 45분을 가리키고 있었다. 그의 소유인 작은 거룻배로 틸은 강을 건넜다. 그는 저편의 슈프레 강가에서 몇 번 멈춰 서서 마을 쪽을 뒤돌아보며 귀를 기울였다. 마침내 넓은 숲길 안으로 돌아 들어갔다. 몇 분 후에는 심하게 쏴악쏴악거리는 소리를 내는 소나무 숲 한가운데로 들어섰는데, 소나무 숲의 수많은 잎들은 물결치는 암녹색 바다 같았다. 틸은 숲 땅바닥에 쌓여 있는 촉촉한 이끼와 소나무잎 위를 솜뭉치 위를 걷는 것처럼 거의 소리를 내지 않고 걸어갔다. 그는 쳐다보지 않고서도 갈 길을 찾았다. 때론 키 큰 나무숲의 녹갈색 나무기둥들을 지나기도 하고, 때론 조밀하게 얽혀 있는 어린나무숲을 지나기도 하였으며, 더 나아가 몇몇 키가 크고 쭉 뻗은 소나무로 ― 이 소나무들은 어린 것들을 보호하기 위해 보존되어 왔다 ― 그늘져 있는 넓은 유목(幼木)보호구역을 지나갔다. 푸르스름하고, 투명하며, 온갖 좋은 내음을 품은 안개가 대지로부터 올라와서는 나무들의 형체를 흐릿하게 만들었다. 구름이 잔뜩 낀 젖빛 하늘이 나무들의 꼭대기 위로 낮게 걸려 있었다. 수많은 까마귀들이 끊임없이 까악까악 소리를 내며 아득히 높은 곳에서 유영하고 있었다. 길의 움푹 패인 곳에는 물웅덩이가 만들어져 있었으며, 그것들은 흐린 자연을 한층 더 흐리게 되비추고 있었다.

틸은 깊은 생각에서 깨어나 하늘을 올려다보며 끔찍스러운 날씨라고 생각했다.

그런데 그의 생각이 갑자기 다른 방향으로 향했다. 그는 뭔가를 집에다 놓고 온 것이 틀림없다고 어렴풋이 느꼈는데, 주머니를 뒤적이면서 정말 버터 빵이 없다는 것을 알았다. 그 빵은 긴 근무시간을 위해 언제나 가져가야 했다. 잠시 망설이며 멈춰 서 있더니, 갑자기 몸을 돌려 마을 방향으로 서둘러 돌아갔다.

그는 잠시 후 슈프레강에 이르렀고, 노를 몇 번 저어 강을 건넜으며, 온 몸에 땀을 흘리면서 곧장 완만하게 경사진 마을거리로 올라갔다. 가게주인의 늙고 초라한 삽살개가 거리의 한중간에 누워 있었다. 어느 농부의 마당에 있는, 타르칠이 된 판자 울타리 위에는 뿔까마귀가 앉아 있었다. 뿔까마귀는 깃털을 쫙 뻗었고, 몸을 흔들었으며, 고개를 끄덕였고, 꺼억꺼억 하는 귀청이 찢어질 듯한 시끄러운 소리를 내더니 — 숲 방향으로 부는 바람을 타고 이동하려고 — 픽픽거리는 날갯짓으로 공중으로 날아올랐다.

그 작은 이주지역의 거주자들인 대략 20명의 어부, 임

업 노동자, 그리고 그들의 가족들 가운데 아무도 보이지 않았다.

날카로운 목소리가 아주 크고 시끄럽게 정적을 깨뜨리는 바람에 철로지기는 자기도 모르게 걸음을 멈췄다. 한바탕의 격하게 내뱉는, 귀에 거슬리는 소리가 그의 귀를 때렸는데 이 소리는 너무도 잘 알고 있는, 나지막한 작은 집의 열린 박공창문으로부터 나오는 것 같았다. 발자국 소리를 가능한 한 죽이면서 더 가까이 살금살금 다가갔는데 이제 그것이 자신의 아내의 목소리라는 것을 아주 분명히 알게 되었다. 조금 더 다가가자 그녀 말의 대부분을 알아들을 수 있었다.

"에잇, 무자비하고 독한 놈아! 이 가엾은 것이 배가 고파 소리쳐야 하겠느냐? — 뭐라구? — 그래 기다려, 기다려, 네게 본때를 보여 주마! — 각오해." 잠시 조용했다. 그런 다음 마치 옷가지에서 먼지를 털어낼 때 나는 것 같은 소리가 들렸다. 연이어 또다시 욕설이 퍼부어졌다.

"이 못되고 주제넘은 놈아, 넌 내가 너 같은 비겁한 놈 때문에 내 새끼가 굶어죽게 내버려둬야 한다고 생각해?"라고 아주 빠른 속도로 말하는 소리가 아래로 울려왔다. — 조용히 흐느끼는 소리를 듣게 됐을 때, "주둥아리 닥쳐! 그렇지 않으면 일주일 동안 치러야 할 것을 한꺼번에 처받을 거야."라고 외치는 소리가 났다.

흐느끼는 소리는 그치지 않았다.

철로지기는 자신의 심장이 심하게, 불규칙적으로 뛴다고 느꼈다. 몸이 조용히 떨리기 시작했다. 그의 두 눈은 멍하게 땅바닥에 고정되어 있었다. 볼품없고 억센 손이 한 다발의 젖은 머리카락을 옆으로 쓸어 넘겼는데, 머리카락은 그럴 때마다 재차 주근깨가 있는 이마로 쏟아져 내렸다.

순간 무언가 그를 압도하려고 했다. 그것은 근육을 팽창시키고 손가락을 주먹 쥐게 하는 경련이었다. 경련은 차츰 누그러졌으나, 몽롱한 피로감이 남았다.

철로지기는 불안한 걸음으로 벽돌이 깔린 좁은 현관으로 들어갔다. 그리고 삐걱거리는 나무 계단을 지친 걸음으로 천천히 올라갔다.

"퉤, 퉤, 퉤!"하는 소리가 다시 시작됐다. 누군가 분노와 경멸의 표시로 세 번 연속해서 침을 뱉는 소리가 들렸다. "이 못되고, 비열하고, 교활하고, 음흉하고, 비겁하고, 천한 놈아!" 이 말들은 뒤로 갈수록 억양이 높아졌으며, 이 말을 내뱉는 목소리는 힘에 겨워 때때로 이성을 잃고 있었다. "내 어린것을 때리려는 거지, 그렇지? 못된 네 놈이 가련하고 어쩔 줄 모르는 이 어린것의 입을 감히 때리고 있는 거지? — 뭐라고? — 엉, 뭐라고? 내가 너 때문에 더러운 사람이 되고 싶진 않아, 그렇지만 않으면 — …"

이 순간 틸이 거실문을 열었다. 이 때문에 시작한 말의 끝부분이 놀란 아내의 목에 걸렸다. 그녀는 노여움으로 몹시 창백했으며, 입술은 음흉하게 실룩거렸다. 오른손을 높이 쳐들고 있었는데, 그 손을 내리더니 우유단지를 붙잡고는 그것으로부터 우유를 유아용 병에 가득 채우려고 했다. 그러나 그 일을 그만 두었다. 왜냐면 절반쯤 채웠을 때, 우유의 대부분이 병목을 넘어 탁자 위로 흘러내렸기 때문이다. 그녀는 흥분한 나머지 극도로 당황하여 그 어떤 것도 얼마간 붙들고 있지 못하면서도 때론 이 물건, 때론 저 물건을 붙잡으려고 손을 뻗었다. 그리고 마침내 마음을 가다듬고 남편을 심하게 꾸짖기까지 했다. 그가 평소와 다른 시간에 집으로 온 것은 대체 무슨 영문이냐는 것이며, 또한 그녀의 말을 결코 엿들으려고 하지 않아야 한다는 것이었다. "이것이 내가 하고픈 마지막 말이에요."라고 그녀는 말했다. 그리고는 연이어 자신은 양심의 가책을 느끼지 않으며, 어느 누구 앞에서도 부끄러워할 까닭이 없다고 했다.

틸은 그녀가 말하는 것을 거의 듣지 않았다. 그의 시선은 울부짖고 있는 토비아스에게로 스쳐갔다. 잠시 그는 마치 자신 안에서 올라오는 어떤 끔찍한 무언가를 억지로 억눌러야 하는 듯했다. 그런 다음엔 갑자기 예전의 무관심이 긴장된 표정 위에 드리웠는데, 그의 시선이 얼굴을 다른 쪽으로 돌린 채 분주하게 이런 저런 일을 하며 냉정함을 찾고 있는 아내의 억센 팔과 다리에 잠시 머물렀다. 그녀의 풍만하고 반쯤 드러낸 가슴이 흥분 때문에 부풀어 올라 코르셋을 끊어버릴 기세였다. 그녀의 걷어 올린 치마는 넓은 엉덩이를 한층 더 넓게 드러나게 했다. 그 자신으로서는 감당할 수 없다고 느끼게 되는, 어떤 제어할 수도 없고 피할 수도 없는 힘이 아내에게서 나오는 것 같았다.

그것은 어쩌면 가느다란 거미줄처럼 가볍게, 하지만 쇠그물처럼 단단하게 그의 몸 주위에 — 그를 묶고, 옴짝달싹하지 못하게 하고, 무기력하게 만들면서 — 둘러져 있었다. 이런 상태에서라면 그녀에게 결코 말을 할 수 없는 노릇이었으며, 적어도 심한 말은 그러했다. 그래서 눈물로 뒤범벅이 된 채 겁에 질려 구석에 웅크리고 있는 토비아스는 아버지가 더 이상 자기 쪽으로 둘러보지 않고서, 놓고 간 빵을 난로 의자에서 집어 그것을 어머니에게 유일한 해명으로 내밀고선 — 멍한 표정으로 짧게 고개를 끄덕이며 — 곧 다시 사라지는 것을 보아야 했다.

III

틸은 적막한 숲 안으로 이어지는 길을 가능한 한 서둘러 갔으나, 규정된 시간보다 15분 늦게야 목적지에 도착했다.

근무하는 동안 겪을 수밖에 없는 잦은 온도변화로 폐결핵에 걸린 보조철로지기는 ― 틸은 이 사람과 근무를 교대한다 ― 큼직하게 쓰인 번지숫자가 나무줄기 사이로 멀리까지 또렷이 빛나는 초소의 모래투성이 계단에서 이미 출발준비를 마치고 서 있었다.

두 남자는 악수를 했고 짧게 몇 마디 나누고는 헤어졌다. 한 사람은 초소 안으로 사라졌고, 다른 사람은 틸이 걸어온 도로를 계속 걸어가서 철로를 가로질러 넘어갔다. 처음에는 경련이 동반된 그의 기침소리가 상당히 가까이 들렸으나, 그 다음에는 나무줄기 사이로 멀어져 갔으며, 이 외딴 곳의 유일한 사람 목소리가 그 소리와 함께 그쳤다. 틸은 평소와 같이 오늘도 돌로 지어진 철로지기초소의 좁고 네모진 방 안을 밤을 위해 자기 방식대로 정돈하기 시작했다. 그는 정신을 몇 시간 전에 있었던 일에 온통 빼앗기고 있으면서도, 정돈하는 일을 기계적으로 했다. 길쭉한 두 개의 측창(側窓) ― 이 창으로 선로를 편하게 조망할 수 있다 — 중의 하나의 창 곁에 있는, 갈색으로 칠해진 협소한 탁자 위에 저녁식사를 올려놓았다. 그런 다음 작고 녹슨 난로에 불을 지피고, 찬물이 든 냄비를 그 위에 올려놓았다. 마지막으로 이런저런 장비들, 즉 삽, 네모삽, 바이스(공작물을 그 안에 끼워 고정시키는 기구, 옮긴이) 등등을 어느 정도 정리한 뒤 랜턴을 닦기 시작했으며, 이때 랜턴에 석유도 새로 넣었다.

그가 이런 일을 하고 있을 때, 세 번씩 거듭하여 울리는 몹시 시끄러운 종소리가 브레스라우에서 출발한 기차가 직전의 역에서 떠났다고 알렸다. 틸은 조금도 서두르지 않고 얼마 동안 초소 안에 머물러 있었다. 그런 다음 마침내 깃발과 탄약주머니(원래는 탄약을 담기 위한 것이나, 여기서는 철로지기에게 필요한 도구들을 넣는 주머니로 허리띠에 고정시켜 사용함, 옮긴이)를 손에 들고 천천히 밖으로 나갔다. 느리고 질질 끄는 걸음으로 모래 섞인 좁다란 길을 지나 20보 쯤 떨어져 있는 건널목으로 갔다. 틸은 통행인이 거의 없지만, 그 길에 있는 차단봉들을 기차가 통과하는 전후에 매번 성실하게 내리고 올려왔다.

그는 자신이 할 일을 끝마치고 이제는 흑백색 차단봉에 몸을 기댄 채 기다리고 있었다.

철로는 좌우 방향으로 곧게 뻗어 광대한 산림 속으로 나 있었다. 철로의 양쪽 끝에는 소나무 숲의 무수한 침

엽들이 ― 자갈 깔린 적갈색 철둑이 대부분을 차지하는 ― 좁은 길을 자신 사이로 받아들이며 막고 있는 것 같았다. 그 길 위에 나란히 나 있는 검은 철로는 그 전체가 거대한 쇠그물코 같았는데, 그 그물코의 가느다란 가닥들은 남쪽과 북쪽 맨 끝의 지평선의 한 점에서 만나고 있었다.

바람이 일더니 숲 가장자리 아래로, 그리고 먼 곳으로 약하게 풍파를 일으켰다. 철로를 따라 서 있는 전신주에서는 윙윙대는 화음이 들려왔다. 거대한 거미의 거미줄처럼 전신주와 전신주 사이에 뻗어 있는 전깃줄에는 한 무리의 지저귀는 새들이 촘촘히 열을 지어 앉아 있었다. 딱따구리 한 마리가 틸의 머리 위를 날아갔으나, 그에게는 눈여겨 볼만한 것은 아니었다.

이제 막 거대한 구름의 가장자리 아래에 걸려 있는 태양이 검푸른 수관(樹冠) 안으로 내려앉더니 심홍색 빛줄기를 숲 위에 쏟아 부었다. 철둑 건너편에 있는, 아치형 기둥처럼 생긴 소나무 줄기들이 마치 안으로부터 불이 붙어 쇠처럼 이글거리며 불타고 있는 듯했다.

철로들도 불을 뿜는 뱀처럼 달아오르기 시작했다. 하지만 이내 식어버렸다. 이제 열기가 서서히 땅으로부터 높이 올라갔는데 처음에는 소나무의 줄기들을, 다음으론 나무 상단부의 대부분을 차가운 산광(散光)으로 남겨

두며, 그리고는 마지막으로 나무 최상단을 불그레한 약한 빛으로 쓰다듬으며 상승했다. 조용하고 엄숙하게 장중한 광경이 펼쳐지고 있었다. 철로지기는 아직도 여전히 움직이지 않고 차단봉에 서 있었다. 마침내 그는 앞쪽으로 한 걸음 나아갔다. 두 철로가 만나는 지평선에 거무스레한 점 하나가 커졌다. 그 점은 매순간 커져가면서도 같은 곳에 머물러 있는 것처럼 보였다. 갑자기 그 점이 움직이며 접근해왔다. 진동하고 윙윙거리는 소리, 주기적으로 덜커덩거리는 소리, 점차 커져가는 둔중한 굉음이 선로를 타고 들려왔는데, 마침내 그 소리는 돌진하며 다가오는 수백 명의 기병대가 내는 말발굽 소리와 흡사했다.

헐떡이며 돌진해오는 소리가 간헐적으로 멀리에서 대기를 타고 커져왔다. 그런 다음 갑자기 정적이 깨졌다. 광란하는 굉음과 울부짖는 소리가 사방을 채웠고, 선로는 휘어졌으며, 땅은 진동했고 ― 강한 대기압이 생겨났으며 ― 먼지, 수증기, 연기가 구름처럼 일어났다. 그리고는 시커멓고 헐떡이는 그 짐승은 지나갔다. 소리는 그것이 커질 때 그런 것과 같이 점차 사그라져갔다. 연무(煙霧)는 흩어져 사라져 버렸다. 기차는 한 점으로 오므라들며 먼 곳으로 사라졌다. 이전의 성스러운 침묵이 숲의 그 외딴 곳에 흘렀다.

"민나!"하며 철로지기는 꿈에서 깨어난 듯 속삭였으며, 초소로 되돌아갔다. 그는 끓는 물로 연한 커피를 만든 다음 앉았으며, 이따금 한 모금씩 마시면서 철로 어딘가에서 주어온 지저분한 신문지 한 장을 응시했다.

점차 기이한 불안이 그를 엄습해왔다. 그것이 방 안을 채우고 있는 화덕의 열기 때문이라 여기고 상의와 조끼를 풀어헤쳐 목을 가볍게 했다. 그리해 봐도 소용이 없자 일어났으며, 방구석에서 삽을 집고는 선물 받은 경작지로 갔다.

그 경작지는 좁고 긴 모래땅이었고, 잡초가 무성하게 자라 있었다. 갓 피어난 수많은 꽃들이 눈처럼 하얀 포말같이 두 그루의 전정과일나무의 작은 가지들 위에 장관을 이루며 피어 있었다.

틸은 평온해졌으며, 고요한 기쁨이 그에게 찾아들었다.

그리하여 이제 그는 일을 시작했다.

삽은 바스락거리며 땅을 갈랐다. 축축한 흙덩이들이 둔탁한 소리를 내며 있던 자리로 다시 떨어지면서 부서져 흩어졌다.

얼마 동안 쉬지 않고 땅을 팠다. 그러더니 갑자기 중단하고는 의심쩍다는 듯 머리를 이리저리 흔들면서 들릴 정도로 크게 "아니야, 아니야, 그렇게 돼선 안 돼.",

그리고 또다시 "아니야, 아니야, 정말 그렇게 돼선 안 되지."라고 혼잣말을 했다.

갑자기 그는 레네가 땅을 경작하러 때때로 이곳으로 올지도 모른다는 생각을 하게 되었다. 그렇게 되면 지금까지의 생활방식이 위험스러울 정도로 변화될 수밖에 없는 노릇이었다. 경작지가 자신의 것이라는 기쁨이 돌연 불쾌감으로 바뀌었다. 마치 옳지 못한 일을 막 하려고 서 있었던 것처럼 화급히 삽을 땅에서 빼내고는 초소로 다시 가져갔다. 이곳에서 재차 분명치 않은 생각에 잠겼다. 그는 왜 그런지는 알지 못했으나, 하루 종일 근무하고 있는 그의 옆에 레네를 두어야 된다는 생각은 아무리 그것과 타협해보려 해도 시간이 흐를수록 견딜 수가 없었다. 틸은 마치 자기는 가치 있는 무언가를 지켜내야 하고, 다른 누군가는 자신의 지극히 성스러운 것을 훼손하려는 듯 여겨졌다. 자신도 모르게 그의 근육들이 가볍게 경련하며 긴장되었는데, 그러는 동안 입술에서는 짧고도 도발적인 웃음이 새어 나왔다. 그는 이 웃음의 반향에 깜짝 놀라 쳐다보았으나, 그 바람에 생각의 실마리를 잃어 버렸다. 그것을 되찾게 되었을 때, 그는 오래된 일 속으로 파 헤집고 들어가는 것 같았다.

촘촘히 짜여진 검은 휘장 같은 것이 갑자기 두 쪽으로 찢어졌으며, 흐려 있던 그의 두 눈은 명료한 시력을 갖게 되었다. 동시에 그는 마치 죽은 자의 2년이나 되는 잠과 같은 수면상태에서 깨어나 차후 그런 상태에서 저지르게 될 소름 끼치는 일을 믿을 수 없다는 듯 머리를 절레절레 흔들며 유심히 바라보고 있는 듯한 기분이 들었다. 마지막 몇 시간의 인상만이 그 모습을 뚜렷하게 해 주는 큰아이의 수난이 또렷하게 뇌리에 떠올랐다. 그는 측은함과 후회에 사로잡혔을 뿐만 아니라 사랑스러운 그 아이를 돌보지 않고, 또 아이가 얼마나 고통스러워하는가를 인정하려는 힘조차도 발휘하지 않고 그간 내내 치욕스럽게 참기만 하고 살아온 것에 대해 깊은 수치감을 느꼈다.

자신이 태만한 죄에 대해 자학하는 사이에 심한 피곤함이 몰려왔고, 그리하여 등은 구부리고 이마는 손에, 손은 탁자에 대고 잠이 들었다.

그는 얼마쯤 그렇게 있었고, 그러는 동안 억눌린 목소리로 몇 차례 "민나"라는 이름을 불렀다.

엄청난 양의 물에서 나는 것처럼 쏴쏴하고 우르렁거리는 소리가 들려왔다. 그의 주위는 어두워졌다. 그는 눈을 떴고, 깨어났다. 팔다리는 떨고 있었고, 식은땀이 모든 땀구멍에서 밀고 나왔으며, 맥박은 불규칙했고, 얼굴은 눈물에 젖어 있었다.

칠흑같이 어두웠다. 그는 몸을 어디로 돌려야 할지를

모르는 가운데 문 쪽으로 시선을 보내려고 했다. 비틀거리며 몸을 일으켰으나, 커다란 불안감은 계속되었다. 바깥의 숲은 바다의 파도가 부서지는 것처럼 쏴쏴거렸고, 바람은 우박과 비를 초소의 창문에 때려 부었다. 틸은 어찌할 바를 모르며 두 손으로 주위를 더듬거렸다. 순간 그는 자신이 물에 빠져 죽어가는 사람처럼 여겨졌다. ― 그때 갑자기 푸르스름한 불빛이 눈부시게 비쳤는데, 마치 천상의 빛방울들이 어두운 대기권으로 떨어져 내리더니, 곧 바로 사그라져버리는 것 같았다.

철로지기는 즉시 정신을 차렸다. 운 좋게 건드리게 된 랜턴에 손을 뻗쳐 붙들었는데, 이 순간 변경지역 밤하늘의 가장 먼 곳에서 천둥이 쳤다. 처음에는 둔중하고 얌전하게 울리던 천둥은 한층 가까이에서 짧고 큰 천둥으로 으릉대며 울리더니, 급기야 엄청나게 커지고, 마침내는 온 대기권에 흘러넘치고, 굉음을 울리고, 진동하고 광란하며 쳐댔다.

유리창들이 쩅그랑 하며 깨졌고, 땅이 진동했다.

틸은 불을 켰다. 그가 정신을 차린 후 처음 본 것은 시계였다. 급행열차가 도착하기까지는 5분도 채 남지 않았다. 시계의 신호음을 부주의하여 듣지 못했다고 생각하여 폭풍과 어둠을 이겨낼 수 있는 한 빨리 차단봉이 있는 곳으로 갔다. 그가 차단봉을 내리는 일에 열중하고 있을 때 신호종이 울렸다. 바람이 그 종소리를 찢어서 사방으로 흩어지게 했다. 소나무들이 휘어졌고, 가지들은 심하게 삐걱거리고 끼걱거리면서 서로 비벼댔다. 잠시 달이 보였는데, 구름들 사이에 연한 금빛 쟁반처럼 떠 있었다. 소나무들의 어두운 끝부분에서 바람이 사납게 불고 있는 것이 달빛에 보였다. 철둑 옆에는 자작나무들의 늘어뜨린 잎사귀들이 유령 같은 말꼬리처럼 나부끼고 있었다. 그 아래에는 두 개의 철로 레일이 놓여 있었는데, 그것들은 물기로 번쩍이며 이곳저곳에서 창백한 달빛을 빨아들이고 있었다.

틸은 모자를 벗었다. 비는 그를 기분 좋게 해주었으며, 눈물과 섞여 얼굴에 흘러 내렸다. 그의 머릿속은 들끓고 있었다. 그가 꿈에서 본 것에 대한 흐릿한 기억들이 서로를 몰아대고 있었다. 마치 토비아스가 누군가에 의해 학대당하고 있는 듯한 느낌이 들었다. 그것도 아주 경악스런 방식으로 학대당하는 것이었는데, 지금도 그 생각을 하게 되자 심장이 멎을 지경이었다. 그는 다른 환상 하나를 더 뚜렷하게 기억해냈다. 그는 죽은 아내를 보았었다. 그녀는 어딘가 먼 곳에서 왔는데, 철로의 레일 위를 걸어서 왔다. 그녀는 매우 병약하게 보였으며, 옷이 아니라 넝마를 걸치고 있었다. 그녀는 틸의 초소를 둘러보지도 않고 지나쳐갔으며, 마침내 ― 이 대목에서 그의 기억은 불분명해졌다 ― 무슨 이유인지 매우 애를 쓰며 앞으로 나아갔으나, 몇 번이나 주저앉았다.

틸은 계속하여 생각해 보았다. 그는 그녀가 도망 중에 있다는 것을 알았다. 그것은 확실했다. 그런 것이 아니라면 왜 그녀가 큰 두려움에 찬 그런 시선을 뒤쪽으로 보내며 ― 두 발이 거부하고 있는데도 ― 몸을 계속 질질 끌고 갔겠는가 하는 때문이다. 아, 얼마나 섬뜩한 시선이던가!

그녀가 몸에 지닌 것은 천으로 싸여 있는 어떤 축 늘어진 것, 피가 묻어 있는 것, 창백한 것이었다. 그리고 그녀가 그것을 내려다보는 모습은 그에게 과거의 장면들을 생각나게 했다.

그는 어떤 죽어가는 여자를 회상했다. 그녀는 남겨두고 가야 할 이제 막 태어난 아이를 극도로 고통스러워하고 괴로워하는 표정으로 꼼짝도 않고 쳐다보고 있었는데, 틸은 자신에게 아버지와 어머니가 있었다는 사실만큼이나 그 표정을 결코 잊을 수가 없었다.

그녀는 어디로 간 걸까? 그는 알 수가 없었다. 하지만 그에게 이것은 분명한 것으로 여겨졌다. 그녀는 그에게서 떠난다고 말했으며, 그에게 주의를 기울이지 않았고, 계속 몸을 질질 끌며 폭풍이 몰아치는 어두운 밤을 지나쳐갔다는 것이다. 그는 그녀를 "민나, 민나"하고 불렀었다. 그리고 그는 이 때문에 깨어났었다.

두 개의 둥글고 붉은 불빛이 거대한 괴물의 부릅뜬 눈처럼 어둠을 꿰뚫었다. 핏빛이 그 불빛 앞쪽에서 가고 있었는데, 이 핏빛은 그 빛 안에 들어오는 빗방울들을 핏방울로 바꾸었다. 마치 피의 비가 하늘에서 떨어지는 것 같았다.

틸은 전율을 느꼈으며, 기차가 다가올수록 그만큼 더 불안은 커져갔다. 그에게 꿈과 현실이 뒤섞여 하나가 되었다. 아직도 여전히 그에게는 철로의 레일 위를 걸어가고 있는 아내가 보였다. 그리고 그의 손은 마치 그가 돌진해 오는 기차를 정지시키기라도 하려는 듯 탄약주머니를 찾으려 헤매고 있었다. 다행히도 그 일은 너무 늦었다. 이미 두 불빛은 그의 눈앞에서 떨며 빛나고 있었기 때문이다. 기차는 질주하며 지나갔다.

틸은 남은 밤 내내 근무에서 안정을 찾지 못했다. 집에 가고 싶은 마음이 강하게 일어났다. 어린 토비아스를 다시 보고 싶었다. 마치 수년 동안 내내 아이와 떨어져 있었던 것 같은 느낌이 들었다. 마침내 그는 어린것이 어떻게 지내고 있는지 걱정이 커져가자 몇 번이나 근무를 중단하려 했다.

시간을 보내려고 틸은 먼동이 트자마자 자신이 담당하는 철로구간을 살피기로 결심했다. 곧이어 왼손에는 막대기를, 오른손에는 쇠로 된 긴 스패너를 들고 철로의 레일 위를 걸으며 칙칙한 잿빛 여명 속으로 들어갔다.

때때로 그는 스패너로 볼트를 조이거나 철로 레일들을 서로 연결시키는 둥근 철봉(鐵棒)들 가운데 하나를 때려보았다.

비와 바람이 누그러졌다. 엷어진 구름층들 사이로 이따금 연청색 하늘이 보였다.

단단한 쇠붙이 위에 신발 바닥이 달각달각하는 단조로운 소리가 나무들이 물방울을 떨어내는 졸린듯한 소리와 합쳐지자 틸의 마음은 점차 평온을 찾게 되었다.

아침 6시에 그는 교대되자 지체하지 않고 집으로 돌아가는 길에 올랐다.

아름다운 일요일 아침이었다.

구름들은 흩어져서 점차 지평선 부근 뒤로 가라앉았다. 떠오르는 태양은 거대한 진홍색 보석처럼 번쩍이며 수많은 빛줄기를 숲 위에 쏟고 있었다.

광선 다발은 어떤 곳에서는 ― 그 잎사귀가 섬세하게 수놓인 레이스를 닮은 ― 수많은 연약한 양치식물(羊齒植物)들을 열기로 뒤덮고, 또 다른 곳에서는 숲바닥의 은회색 지의식물(地衣植物)들을 붉은 산호로 바꿔놓으면서 나무줄기들이 뒤엉켜 있는 곳을 선명하게 비추며 지나갔다.

우듬지들, 줄기들, 풀들로부터 불처럼 빛나는 이슬이 내리고 있었다. 빛의 홍수가 대지 위로 쏟아 부어지고 있는 것 같았다. 공기는 맑았으며, 가슴 속까지 파고들었다. 그리고 틸의 뇌리에서도 밤에 보았던 형상들이 점차 희미해져가는 것이 틀림없었다.

그가 방 안에 들어서서 어린 토비아스가 예전보다 더 붉은 뺨을 하고서 햇빛이 든 침대에 누워 있는 것을 본 순간 그 형상들은 완전히 사라져버렸다.

물론 그랬다! 그날이 지나가는 동안 레네는 낯설게 하는 무언가를 그에게서 여러 번 알아챘다고 생각했다. 예컨대 그가 교회 의자에서 성경을 들여다보는 대신 옆에서 그녀 자신을 관찰할 때에 그랬다. 그런 다음엔 정오 무렵에도 그랬는데, 토비아스가 평소처럼 길거리로 데리고 가야 하는 어린애를 틸은 아무 말도 않고 토비아스의 팔에서 떼어 내어 그녀의 품에 앉혔다. 하지만 그것 말고는 그에게서 눈에 띄는 이상한 것은 조금도 없었다.

하루 내내 누워보지 못한 틸은 다음 주에 근무가 있기에 저녁 9시경에 이미 잠자리에 들었다. 그가 막 잠에 들려고 할 바로 그 때, 아내는 땅을 일궈 감자를 심기 위해 다음날 아침 함께 숲으로 갈 거라고 알려주었다.

틸은 놀라 움찔하였다. 잠은 완전히 깨버렸으나, 두 눈은 꼭 감고 있었다.

레네는 감자가 잘 되려면 지금이 가장 좋은 때라고 말했으며, 그 일이 아마도 하루 종일 걸릴 것이기에 아이들을 함께 데리고 가야 할 거라고 덧붙였다. 철로지기는 알아들을 수 없는 몇 마디 말을 퉁명스럽게 했는데, 레네는 더 이상 그것에 신경을 쓰지 않았다. 그녀는 그에게서 등을 돌리고는 수지향초 불빛을 받으며 코르셋을 풀고 치마를 내리는 일에 열중했다.

갑자기 그녀는 어떤 이유에서인지는 자신도 모른 채 몸을 돌렸으며, 걱정으로 일그러진 남편의 흙빛 얼굴을 응시했는데, 남편은 몸을 반쯤 일으키고 두 손은 침대 가장자리에 놓은 채 불타는 듯한 눈빛으로 그녀를 빤히 쳐다보고 있었다.

"틸!"하고 아내는 반쯤은 화를 내며, 반쯤은 경악하며 소리쳤다. 그러자 틸은 몽유병자가 자신의 이름을 부르는 것을 듣게 되었을 때처럼 몽롱한 상태에서 깨어나서 혼란스런 몇 마디의 말을 더듬거리며 했으며, 쿠션에다 다시 몸을 던지고는 귀 위로 이불을 잡아당겼다.

다음 날 아침 침대에서 제일 먼저 일어난 사람은 레네였다. 소리를 내지 않고 일어난 그녀는 나들이에 필요한 모든 것을 준비했다. 어린애는 유모차에 눕혀졌고, 그런 다음 토비아스를 깨워 옷을 입혔다. 토비아스는 어디로 가는지 알게 되자 미소를 지을 수밖에 없었다. 모든 것이 준비되고 탁자에 커피까지 마련된 후 틸이 깨어났다. 모든 준비가 다 끝난 것을 보게 되자 그의 첫 느낌은 불쾌감이었다. 아마도 그는 그런 것에 대해 거부하는 말 한마디를 하고 싶었을 것이었으나, 어떻게 말을 시작해야 할지 몰랐다. 레네가 반박할 수 없게 하려면 어떤 이유를 대어야 할까?

점점 더 환하게 빛나는 토비아스의 작은 얼굴이 점차 틸에게 영향을 끼치기 시작했는데 아이가 나들이로 기뻐하는 것을 보게 되자 마침내 그는 이의를 제기할 생각을 할 수가 없었다. 그럼에도 불구하고 틸은 숲을 걸어지나가는 동안 내내 불안을 떨쳐버리지 못했다. 그는 유모차를 힘들게 밀며 깊은 모래땅을 지나갔으며, 토비아스가 모아온 온갖 꽃들을 유모차 위에 올려놓고 있었다.

아이는 몹시 즐거워했다. 갈색 플러시 모자를 쓰고서 양치식물들 사이를 껑충껑충 뛰며 돌아다녔고, 그 위에서 하늘하늘거리며 날아다니는 유리처럼 투명한 날개를 가진 잠자리들을 물론 약간은 서툰 방법으로 잡으려 애썼다. 도착하자마자 레네는 경작지를 유심히 관찰했다. 그녀는 파종하기 위해 가져온 감자 조각들이 담긴 자루를 어린 자작나무덤불의 풀더미 가장자리에 던졌으며, 무릎을 꿇고는 약간 어두운 색을 띠는 모래를 억센 손가락들 사이로 흘려보냈다.

틸은 긴장하는 가운데 그녀를 지켜보고 있었다. "그런데, 땅은 어떻소?"

"쉬프레강 구석지 땅만큼이나 아주 좋네요!" 철로지기의 마음이 한결 가벼워졌다. 그는 그녀가 불만스러워할까 두려워했었는데, 이제 안심하며 깎고 남은 까칠까칠한 수염을 긁어댔다.

아내는 빵의 두꺼운 끄트머리 조각 하나를 서둘러 먹은 후 목도리와 윗도리를 벗어 던지고는 기계 같은 속도와 지구력으로 땅을 파기 시작했다.

그녀는 일정한 시간 간격을 두고 몸을 일으켜서는 공기를 깊숙이 들이마셨다. 하지만 그것은 예컨대 그녀가 어린애에게 젖을 주어야 하는 ― 이 일은 숨을 헐떡이고 가슴에서 땀방울이 떨어지는 가운데 서둘러 이뤄졌다 ― 경우가 아니라면 매번 단지 순간에 그쳤다.

얼마 후 철로지기는 "난 선로를 살펴보러 가야겠소, 토비아스를 함께 데리고 갈 거요."라고 초소 앞의 플랫폼에서 그녀에게로 소리쳤다.

"아니 ― 무슨 말도 안 되는 소리를!"이라고 그녀는 되받아 소리쳤으며, "그러면 누가 아이한테 있어야 한단 말이요? ― 이리로 와봐요!"라고 한층 더 큰 소리로 덧붙였다. 그러는 동안 철로지기는 마치 그녀의 말을 듣지 못하기라도 하는 듯 어린 토비아스와 함께 그곳을 떠났다.

처음 순간 그녀는 따라가야 하지 않을까하고 생각해 봤지만, 오로지 시간의 손실을 생각하여 포기했다. 틸은 토비아스와 함께 선로를 따라서 걸어갔다. 아이는 적지 않게 흥분돼 있었다. 모든 것이 새롭고 낯선 것이었다. 아이는 가느다란, 검고, 햇빛으로 따뜻해진 레일이 어떤 의미를 지니는지를 알지 못했다. 토비아스는 끊임없이 온갖 기이한 질문을 해댔다. 아이가 무엇보다 놀라워하는 것은 전신주들이 울리는 소리였다. 틸은 지금 자신이 철로구간의 어떤 지점에 있는지를 눈을 감고도 언제든지 알 수 있을 정도로 담당하고 있는 구역의 각각의 전신주소리를 잘 알고 있었다.

틸은 토비아스의 손을 잡고서 교회 안쪽에서 울려나오는 낭랑한 찬송가처럼 숲에서 흘러나오는 아름다운 소리를 듣기 위해 이따금 멈춰 서 있었다. 담당구역의 남쪽 끝에 있는 전신주에서 특별하게 충만하고 아름다운 화음이 들려왔다. 그것은 전신주 내부에 있는 소리들이 뒤섞여 나는 것이었는데, 이 소리들은 끊이지 않고 거의 동시에 계속 울려 퍼졌다. 그가 전신주의 벌어진 틈을 통해 그 기분 좋은 소리의 정체를 알 수 있을 거라고 생각했을 때, 토비아스는 풍우에 씻긴 전신주 주위를 뛰며 돌았다. 이제 철로지기는 교회 안에서 느꼈던 것과 같은 장엄한 기분이 들었다. 게다가 시간이 흐르면서 죽은 아내를 기억나게 하는 소리를 식별해냈다. 그는 그것이 아내의 목소리도 함께 섞여 들어간, 죽은 영혼들의 합창으로 여겨졌으며, 이 생각은 그의 안에서 보고픈 마음을, 눈물이 날 정도의 감동을 일깨웠다.

토비아스는 옆쪽 자작나무숲에 있는 꽃들을 원했다. 틸은 언제나 그랬듯이 아이가 바라는 것을 해주었다.

여러 조각의 파란 하늘이 숲의 땅바닥 위로 내려앉은 듯했으며, 그 위에는 파란 작은 꽃들이 놀라울 정도로 촘촘하게 피어 있었다. 나비들이 자작나무들의 빛나는 흰색 줄기들 사이에서 다채로운 깃발들처럼 하늘하늘거리며 날아 다녔고, 그러는 동안 부드럽게 살랑거리는 소리가 자작나무 수관의 구름처럼 많은 연초록 잎사귀들을 가로질러 지나갔다.

토비아스는 꽃들을 뜯었고, 아버지는 생각에 잠긴 채그를 바라보았다. 때때로 아버지의 시선도 올라가서 잎사귀들 틈으로 ─ 태양의 황금빛을 거대한 순청색 크리스탈 접시처럼 받아들이고 있는 ─ 하늘을 찾곤 했다.

"아빠, 저게 하느님이야?"라고 갑자기 아이가 홀로 서있는 소나무 줄기에서 긁는 소리를 내며 휙하고 사라지는 작은 갈색 다람쥐를 가리키며 물었다.

"엉뚱한 녀석 같으니."라고 말하는 것이 틸이 대답할

수 있는 모든 것이었는데, 그러는 사이 다람쥐가 찢은 나무껍질 조각들이 나무줄기 아래 그의 두 발 앞에 떨어졌다.

레네는 틸과 토비아스가 돌아왔을 때도 여전히 땅을 파고 있었다. 경작지의 절반이 이미 갈아엎어져 있었다.

기차들이 짧은 간격으로 오갔으며, 그럴 때마다 토비아스는 입을 벌린 채 기차들이 시끄러운 소리를 내며 지나가는 것을 보았다.

레네도 그의 우스꽝스럽게 찡그린 얼굴을 재미있어 했다.

초소에서 감자와 아침식사에서 남은 식은 돼지구이로 점심을 먹었다. 레네는 기분이 좋았으며, 틸도 적절한 행동을 취하며 불가피한 상황에 맞춰나가려는 듯했다. 그는 식사하는 동안 자신의 직업에 속하는 온갖 것들을 얘기하며 그녀를 즐겁게 해주었다. 그리하여 단 한 개의 선로에 46개의 나사가 박혀 있으리라 생각이나 할 수 있겠냐고 물었으며, 다른 것도 더 물어보았다.

오전에 레네는 땅을 일구는 일을 끝마쳤고, 오후에는 감자를 심기로 하였다. 그녀는 이제 토비아스가 어린애를 돌봐주어야 한다고 주장하면서 그를 함께 데리고 갔다.

틸은 갑자기 걱정이 되어 "조심해요 … 녀석이 선로에

너무 가까이 가지 않도록 조심하란 말이요."라고 뒤쪽에서 그녀를 향해 소리쳤다.

레네는 모르겠다는 듯 어깨를 추켜올리는 것으로 답했다.

슐레지엔 급행열차가 온다는 신호가 왔다. 틸은 그의 위치로 가야 했다. 준비를 마치고 차단봉에 서자마자 벌써 질주하며 달려오는 기차소리가 들렸다.

기차가 보였다. ― 기차는 더 가까이 다가왔으며 ― 수증기가 시커먼 기관차연통에서 셀 수 없이 많이, 너무도 빠르게 쉭쉭하며 뿜어져 나왔다. 그때 한 개 ― 두 개 ― 세 개의 젖빛 수증기 광선이 양초처럼 수직으로 솟아올랐으며, 곧이어 대기는 기관차의 경적소리를 실어왔다. 소리는 세 번 차례차례로 들려왔는데 짧고, 몹시 시끄러웠고, 불안케 하는 것이었다. 틸은 그들이 기차를 정지시키는 것이라 생각했다. 그런데 왜 그러지? 다시 비상기적소리가 메아리를 일으키며 절규하듯 크게 울렸는데, 이번에는 길게, 중단되지 않고 계속되었다.

틸은 선로를 한눈에 보기 위해 앞쪽으로 나아갔다. 그는 기계적으로 붉은 깃발을 주머니에서 꺼내어 자기 앞의 선로 너머로 똑바로 들고 있었다. ― 맙소사 ― 눈이 멀었던 건가? 맙소사 ― 오, 맙소사, 맙소사, 맙소사!

저건 뭐지? 저기에! — 저기 선로 사이에 … "정 — 지!"
라고 철로지기는 있는 힘을 다해 소리쳤다. 너무 늦었
다. 시커먼 물체가 기차에 치여 바퀴들 사이에서 고무공
처럼 이리저리 내던져졌다. 몇 순간이 흘렀으며, 그리고
삐걱대며 날카롭게 길게 끄는 제동을 거는 소리가 들렸
다. 기차는 멈춰 섰다.

인적이 드물었던 구간이 사람들로 붐볐다. 여객주임
과 차장이 자갈이 깔린 곳을 지나 기차의 후미로 달려왔
다. 창문마다 호기심에 찬 얼굴들이 밖을 내다보았으며,
이제는 다수의 사람들이 뒤섞이어 앞쪽으로 왔다.

틸은 숨을 헐떡였다. 맞아서 쓰러진 황소처럼 쓰러지
지 않기 위해 몸을 단단히 붙들어야 했다. 정말이다, 사
람들이 그에게 오라고 손짓을 하고 있다. — "그럴 리
가!"

어떤 절규하는 소리가 사고가 난 곳으로부터 대기를
찢어 놓는다. 그리고 연이어 짐승의 목구멍에서 나오는
것 같은 울부짖는 소리가 난다.

저건 누구지 ?! 레네 ?! 그것은 그녀의 목소리가 아니
다. 하지만 …

한 남자가 서둘러 철로 위로 올라온다.

"철로지기 양반!"

"무슨 일이요?"

"사고가 났소!"… 심부름꾼은 놀라 뒤로 물러난다. 그럴 것이 철로지기의 눈이 기이하게 움직이기 때문이다. 모자는 비뚤어지게 씌어 있고, 불그레한 머리칼은 뻣뻣하게 서 있는 것처럼 보인다.

"아직 살아 있소, 아마도 응급조치를 하고 있을 거요."

대답이라고는 목에서 그르렁거리는 소리뿐이다.

"빨리 가봐요, 빨리!"

틸은 정신을 차리려고 몹시 애를 쓴다. 그의 늘어진 근육이 팽팽해진다. 그리고 몸을 곧추세운다. 하지만 얼굴은 창백하고 사색이 되어 있다.

그는 심부름꾼과 함께 달려간다. 그에게는 기차 창문에 있는, 여행자들의 죽은 사람처럼 창백하고 경악한 얼굴이 눈에 들어오지 않는다. 젊은 여자가 창밖으로 내다보고 있으며, 아라비아 모자를 쓴 출장영업사원, 신혼여행 중으로 보이는 한 쌍의 젊은이도 그렇게 하고 있다. ― 무슨 상관인가? 그는 소란스런 기차 칸에서 벌어지고 있는 이 일에 대해 결코 신경을 쓰지 않는다 ― 그의 귀를 채우는 것은 레네의 울부짖음이다. 그의 눈앞에 무언가 뒤죽박죽되어 아물거리고 있다. 노란 점들이다. 개똥벌레를 닮았고, 셀 수 없이 많다. 그는 놀라 뒤로 물러난다 ― 그는 서 있다. 개똥벌레들의 춤으로부터 뭔가 나타난다. 창백하고, 축 늘어지고, 피비린내를 풍기는 것이. 이마는 심하게 얻어맞았고, 입술은 핏기가 없으며, 입술 위로 검붉은 피가 뚝뚝 떨어지고 있다. 그 아이다.

틸은 말을 하지 못하고 있다. 그의 얼굴은 칙칙하게 창백하다. 실성한 듯 미소 짓는다. 마침내 몸을 구부린다. 그는 축 늘어진 생기 없는 팔다리를 자신의 두 팔에서 무겁게 느낀다. 붉은 깃발이 아이의 팔다리를 휘감고 있다.

그는 간다.

어디로?

"철도의사에게, 철도의사에게 가요."라는 여러 사람의 소리가 뒤섞여 난다.

수하물 감독자가 "즉시 아이를 데리고 갑시다!"라고 외치더니 자신의 열차 칸에 근무복 상의와 책들을 이용하여 침상을 마련한다. "자, 그러면?"

틸은 사고당한 아이를 내어줄 생각을 하지 않는다. 사람들이 그의 품 안으로 밀고 들어간다. 하지만 소용이 없다. 수하물 감독자는 수하물 칸에서 들것을 내어오도록 시키고 어떤 남자에게 아버지를 도우라고 지시한다.

시간은 귀하다. 여객주임의 호루라기 소리가 난다. 주화들이 빗발치듯 창문으로부터 떨어진다.

레네는 미친 것처럼 행동한다. "불쌍한, 불쌍한 여자", "불쌍한, 불쌍한 엄마"라는 소리가 칸막이 승객칸에서

난다.

여객주임은 재차 호루라기를 분다. ─ 삐익하고 기적 소리가 울린다 ─ . 기관차는 하얗고 쉬쉬 소리를 내는 수증기를 실린더로부터 뿜어내고, 철건(鐵腱)들을 내뻗 는다. 몇 초 후 급행열차는 연기를 수평으로 흩날리며 속도를 배가하여 숲을 가로질러 질주해 간다.

제정신이 아닌 철로지기는 거의 죽은 어린것을 들것 위에 눕힌다. 이제 거기에 아이는 몸이 못쓰게 돼버린 상태로 누워 있다. 때때로 그르렁거리며 길게 숨을 들이 쉴 때 갈기갈기 찢겨진 셔츠 아래에서 보이는, 뼈가 드러 난 가슴이 올라간다. 팔과 다리는 ─ 관절만 부러진 것 이 아니다 ─ 몹시 부자연스러운 자세를 취하고 있다. 작은 발의 뒤꿈치는 앞쪽으로 돌아가 있다. 두 팔은 들것 의 가장자리 너머로 축 늘어져 있다.

레네는 계속 흐느끼고 있다. 그녀에게서 이전의 반항적 인 태도는 조금도 찾아볼 수 없다. 그녀는 그 사고에 하등 책임이 없음을 말해줄 얘기를 계속 되풀이하고 있다.

틸은 그녀에게 주의를 기울이지 않는 것 같다. 두 눈 은 매우 불안한 표정으로 아이에게 고정되어 있다.

주위가 조용해졌다. 쥐 죽은 듯이. 그리고 선로는 눈 부시게 빛나는 자갈 위에 달구어진 채 검게 놓여 있다. 정오라서 그런지 바람은 불지 않으며, 숲은 돌로 만들어진 것처럼 미동도 하지 않는다.

남자들은 조용하게 상의를 한다. 프리드리히스하겐에 가장 빠른 길로 가기 위해서는 브레스라우 방향으로 위치하고 있는 역으로 되돌아가야 한다. 왜냐면 다음 기차인 급행여객열차가 프리드리히스하겐에 더 가까운 역에서는 정차하지 않기 때문이다.

틸은 함께 가야 할지 숙고하는 것 같다. 그의 업무를 할 줄 아는 사람은 그곳에 아무도 없다. 말없이 손짓으로 아내에게 들것을 들라고 알려준다. 그녀는 남아 있게 될 젖먹이가 걱정되지만 거역하려 하지 않는다. 그녀와 낯선 남자가 들것을 들고 간다. 틸은 일행을 자신의 관할구역 경계에까지 따라간다. 그런 다음 서서 일행을 오랫동안 바라본다. 갑자기 쫙 편 손으로 자신의 이마를 때리는데, 그 소리가 멀리까지 울린다.

그는 자신을 깨워보려는 생각을 한다. 그럴 것이 이것이 어젯밤의 꿈처럼 꿈일 거라고 여기기 때문이다. ─ 하지만 헛된 일이다. ─ 그는 달려간다기보다는 비틀거리며 초소에 도착했다. 초소 안에서 얼굴을 앞으로 하고 바닥에 쓰러졌다. 모자는 구석으로 굴러갔고, 세심하게 손질된 시계는 주머니에서 떨어져나갔으며, 케이스는 튀어 올랐고, 안경알은 박살이 났다. 마치 쇠로 된 손아귀가 ─ 그가 아무리 신음하고 끙끙거리며 빠져나오려 해도 꼼짝도 할 수 없을 정도로 ― 자신의 목덜미를 꽉 움켜쥐고 있는 듯했다. 이마는 차가웠고, 두 눈은 메말라 있었고, 목구멍은 불타는 듯 화끈거렸다.

신호종소리가 그를 깨웠다. 세 번씩 거듭하여 울리는 종소리에 발작은 누그러졌다. 틸은 일어나서 근무를 할 수 있었다. 두 발이 납처럼 무거웠지만, 또 그가 담당하고 있는 구간이 ― 자신의 머리가 그 축이 되어 있는 ― 거대한 바퀴살처럼 자신의 주위를 빙빙 돌고 있었지만, 틸은 적어도 얼마 동안은 몸을 똑바로 유지할 수 있는 힘을 갖게 되었다.

여객열차가 접근해 왔다. 토비아스가 그 안에 있는 것이 틀림없었다. 열차가 가까이 다가올수록 형상들이 그만큼 더 많이 틸의 눈앞에서 흐릿해져갔다. 마침내 그에게는 입이 피투성이가 되어 있는 절단된 어린것만이 보였다. 그런 뒤 밤이 되었다.

얼마쯤 시간이 흐른 후 틸은 실신상태에서 깨어났다. 자신이 뜨거운 모래밭의 차단봉 가까이에 누워 있는 것을 알게 되었다. 그는 일어났으며, 옷을 흔들어 모래알을 털어냈고, 또한 입에서 뱉어냈다. 머리는 조금 더 가벼워졌고, 더 차분하게 생각할 수 있었다.

초소에 들어서자 곧 시계를 바닥에서 주워 탁자 위에 올려놓았다. 시계는 떨어졌음에도 멈춰 있지 않았다. 그는 그 사이에 토비아스에게 무슨 일이 일어나고 있을지도 모른다고 생각하면서 두 시간 동안 내내 매분 매초를 세었다. 이제 레네가 아이와 함께 도착한다. 지금 그녀는 의사 앞에 서 있다. 의사는 어린것을 살피고 만져 보더니 머리를 흔든다.

"안 좋습니다, 아주 안 좋아요. — 하지만 혹 … 어느 누가 알겠어요?" 그는 더 면밀하게 검사한다. 그런 다음 그는 "아닙니다, 아니에요, 끝났습니다."라고 말했다.

"끝났어, 끝났어."라고 철로지기는 신음했다. 하지만 그런 다음 몸을 곧추세우더니 희번덕이는 두 눈은 천정에 고정하고, 치켜든 두 손은 무의식적으로 주먹을 쥐고서 마치 그 좁은 곳이 폭파되어야 한다는 듯한 목소리로 "그 앤 살아야 해, 살아야 한다고, 당신에게 분명히 말하지만, 그 앤 살아야 해, 살아야 한단 말이야!"라고 외쳤다. 그리고는 벌써 붉은 석양이 새어 들어오는 초소의 문을 재차 밀쳐 열고는 걸어간다기보다는 뛰어서 차단봉으로 달려 돌아갔다. 이곳에서 그는 잠시 당황한 듯 멈춰 서 있었으며, 그런 다음 두 팔을 뻗은 채 갑자기 철둑 한가운데까지 걸어갔는데, 마치 여객열차의 진행 방향으로부터 오고 있는 뭔가를 저지하려는 듯했다. 이때 크게 뜬 두 눈은 눈이 멀었다는 인상을 주었다.

그는 뒷걸음질하며 무언가를 피하려는 듯 했는데, 이

때 거의 알아들을 수 없는 말을 쉬지 않고 치아 사이로 내뱉었다! "당신 ─ 듣고 있어? ─ 멈춰 ─ 당신 ─ 들어봐! ─ 멈춰 ─ 아이를 돌려 줘 ─ 그 앤 심하게 얻어맞았어 ─ 그래그래, ─ 좋아 ─ 내가 그 여자를 똑같이 흠씬 패줄 거야 ─ 듣고 있어? 멈춰 ─ 아이를 내게 돌려 줘."

마치 뭔가가 그의 곁을 걸어지나가는 것처럼 보였다. 그럴 것이 그는 몸을 돌려서는 그것을 뒤쫓으려는 듯 다른 방향으로 이동했기 때문이다.

"당신, 민나" ─ 그의 목소리는 어린아이의 목소리처럼 울먹였다. "당신, 민나, 듣고 있어? ─ 아이를 돌려 줘 ─ 내가 그 여자를 … ". 그는 누군가를 붙들려는 것처럼 허공을 더듬었다. "여보 ─ 그래 ─ 그러면 내가 그 여자를 … 그러면 내가 똑같이 그 여자를 패줄 거야 ─ 흠씬 ─ 똑같이 패줄 거야 ─ 그러면 내가 도끼로 쳐버리겠어 ─ 보여? ─ 취사용 도끼로 ─ 내가 취사용 도끼로 그 여자를 쳐버리겠어, 그렇게 되면 그 여잔 뒈질 거야."

"그러면 … 그래 도끼로 ─ 취사용 도끼, 그래 ─ 시커먼 피가!" 그의 입 주위에는 거품이 나 있었고, 무표정한 동공은 끊임없이 움직였다.

부드러운 저녁바람이 조용히 계속 숲을 스쳐 지나갔

으며, 불타는 듯한 장밋빛 구름이 서쪽하늘에 걸려 있었다.

그렇게 그는 보이지 않는 그 무언가를 백 걸음쯤 쫓아가더니 낙담하며 멈춰 서 있는 듯 했다. 몹시 불안한 표정을 지은 채 두 팔을 쫙 뻗으며 간청하고 맹세하는 동작을 했다. 두 눈에 힘을 주었으며, 다시 한 번 먼 곳에서 그 헛것을 찾아내려는 듯 손으로 눈을 가렸다. 마침내 손은 내려졌으며, 긴장된 얼굴표정은 생기 잃은 무표정으로 뒤바뀌었다. 그는 몸을 돌리고는 왔던 길을 겨우 걸어 돌아갔다.

태양은 마지막 열기를 숲 위에 쏟았고, 그런 다음 식어 버렸다. 소나무 줄기들은 우듬지 ― 이 우듬지는 켜켜이 쌓인 회흑색 곰팡이처럼 줄기 위에서 내리누르고 있다 ― 사이로 창백하고 부패한 해골처럼 뻗어 들어가고 있었다. 딱따구리의 나무 쪼는 소리가 정적을 깨뜨렸다. 때늦은 장밋빛 커다란 구름 하나가 차가운 강청(鋼青)색의 하늘을 지나갔다. 미풍은 지하실의 공기처럼 차가워졌는데, 그래서 철로지기는 오한을 느꼈다. 그에게는 모든 것이 새로웠고, 모든 것이 낯설었다. 그는 자신이 걸어가고 있는 길이 무엇인지, 자신을 에워싸고 있는 것이 무엇인지 알지 못했다. 그때 다람쥐 한 마리가 선로 위를 휙 하고 지나갔는데 틸은 곰곰이 생각을 해보았다. 그는 왜 그런지는 알 수 없지만 하나님을 생각하지 않을 수 없었다. "하나님께서 뛰어 길을 건너가시는 거야, 하나님께서 뛰어 길을 건너가시는 거야." 그는 그것과 연관된 뭔가를 생각해내기 위해서인 듯 이 말을 여러 번 반복했다. 그는 갑자기 중단했는데, 한 줄기 빛이 이마에 떨어졌다. "맙소사, 이건 허튼 생각이야." 그는 만사를 잊고 이 새로운 적대자에 맞섰다. 생각을 정리하려 했으나, 소용없는 일이었다! 그것은 근거 없는, 마구 떠올려 본 헛된 생각이었다. 갑자기 자신이 허튼 생각을 했다는 걸 알아차렸으며, 자신의 무력함을 의식하며 전율했다.

가까운 자작나무 숲에서 어린아이가 울어대는 소리가 들려왔다. 그것은 사람을 미치게 만드는 소리였다. 그는 자신의 의지와는 거의 상관없이 그곳으로 서둘러 갈 수밖에 없었으며, 어느 누구도 더 이상 돌봐주지 않는 아이가 덮을 것도 없이 유모차 안에서 손발을 버둥거리면서 울며 누워 있는 것을 발견했다. 난 뭘 하려는 거지? 무엇이 나를 이곳으로 오게 하는 걸까? 이런 질문들로 느낌과 생각들이 소용돌이쳤다.

"하나님께서 뛰어 길을 건너가시는 거야."라는 것이 무슨 의미일까를 이제야 알았다. 그는 격노하며 "토비아스! ― 그 여자가 그 아이를 죽인 거다 ― 레네가 ― 그 여자에게 아이가 맡겨졌어 ― 계모, 매정한 어미, 그런데 제 새끼는 살아 있고 말이야."라고 말했다. 붉은 안개가 그의 의식을 구름처럼 뒤덮었으며, 아이의 두 눈이 그를 꿰뚫어 보고 있었다. 그는 손가락들 사이에서 어떤 부드러운 것, 통통한 것을 느꼈다. 목에서 고로롱거리는 소리와 호각소리가 ─ 그로서는 누가 그러는지는 알 수 없는 ─ 쉰 목소리로 외쳐대는 소리와 뒤섞이며 그의 귀를 때렸다.

그때 뭔가가 뜨거운 봉랍방울 같이 그의 뇌리에 떨어졌으며, 그것은 확고한 그 무엇처럼 그의 정신으로부터 날아올랐다. 의식이 돌아오면서 그는 신호종소리의 반향이 대기를 가로지르며 진동하는 것을 들었다.

갑자기 그는 자신이 무엇을 하려 했는지 알게 되었다. 붙잡고 있는 동안 몸을 꿈틀거렸던 아이의 목으로부터 그의 손이 풀어졌다. ─ 아이는 숨을 쉬려고 애를 썼으며, 그런 다음엔 기침을 하고 큰 소리로 울기 시작했다.

"살아 있어! 천만 다행으로 살아 있어!" 그는 아이를 뉘어 놓고는 건널목으로 달려갔다. 짙은 연기가 먼 곳에서부터 선로 위로 이리저리 뒹굴며 퍼져나가고 있었고, 바람은 연기를 바닥으로 짓누르고 있었다. 그는 자신의 뒤쪽에서 아픈 거인이 숨을 간헐적으로 고통스럽게 쉬는 것 같이 헐떡이는 기관차의 소리를 들었다.

싸늘한 여명이 사방에 내리고 있었다.

얼마 후 연기구름이 흩어지자, 그것이 덮개 없는 빈 차량과 함께 돌아오는, 선로에서 하루 내내 일했던 일꾼들을 태운 자갈운반용 기차임을 알게 되었다.

그 기차는 주어진 운행시간이 충분하였으며, 여기저기에서 아직도 일하고 있는 일꾼들을 태우고, 다른 한편으론 다른 일꾼들을 내려주기 위해 아무데서나 정거할 수 있었다. 기차는 틸의 초소 상당히 앞에서 제동을 걸기 시작했다. 날카롭고, 드르륵거리고, 딸그락거리고, 덜컹거리는 시끄러운 소리가 저녁의 고요를 꿰뚫고 멀리까지 나아갔는데, 마침내 기차는 단지 고음의 길게 끄는 소리만을 내며 멈춰 섰다.

대략 50명 남녀 일꾼들이 덮개 없는 차량에 나눠 타고 있었다. 거의 모두가 서 있었고 남자들 가운데 몇 사람은 모자를 쓰고 있지 않았다. 알 수 없는 엄숙함이 모든 사람들에게 흐르고 있었다. 철로지기를 보자, 그들 사이에서 수군거리는 소리가 났다. 늙은이들은 누런 치아 사이에 있는 담배 파이프를 앞으로 빼내고는 경의를 표하는 자세로 그것을 손에 들고 있었다. 어떤 여자는 코를 푸느라 이따금씩 몸의 방향을 바꿨다. 여객주임은 선로에 내려서 틸에게로 다가갔다. 일꾼들은 그가 틸에게 격식을 갖추어 악수하는 것을 보았다. 연이어 틸은 천천히, 거의 군인 같은 뻣뻣한 걸음으로 맨 끝의 기차칸을 향해 걸어

갔다.

일꾼들 모두가 틸을 잘 알고 있지만, 어느 누구도 감히 그에게 말을 걸려고 하지 않았다.

바로 그때 사람들이 맨 끝의 기차칸에서 어린 토비아스를 들어냈다.

아이는 죽어 있었다.

레네는 틸을 따라갔다. 그녀의 얼굴은 푸르스름한 흰빛이었고, 두 눈 주위에는 눈그늘이 생겨 있었다.

틸은 그녀에게 어떤 눈길도 주지 않았다. 그녀는 남편의 모습을 보고 깜짝 놀랐다. 그의 두 뺨은 움푹 들어가 있었고, 속눈썹과 수염의 털은 달라붙어 있었으며, 머리칼은 그녀에겐 그 어느 때보다 더 세어져 보였다. 얼굴 곳곳에는 말라버린 눈물의 흔적이 있었다. 게다가 두 눈에는 내적인 불안을 드러내고 있는 눈빛이 서려 있었는데, 그것 때문에 그녀는 섬뜩함을 느꼈다.

사람들은 시체를 운반할 수 있도록 이전처럼 들것을 가져다 놓고 있었다.

잠시 으스스한 고요가 흘렀다. 틸은 깊고도 무서운 생각에 잠겼다. 날은 더 어두워졌다. 한 떼의 노루가 멀리 떨어진 곳에서 철둑 위로 뛰어 올라갔다. 수컷은 선로 사이의 한가운데에 서 있었다. 수컷은 유연한 목을 호기심에 찬 듯 이리저리로 돌렸다. 그때 기관차가 기적소리를 울렸고, 그러자 자신의 무리들과 함께 재빨리 사라졌다.

기차가 움직이려 하는 순간 틸은 졸도했다.

기차는 재차 멈췄으며, 이제 어떻게 해야 하는가에 대한 상의가 이뤄졌다. 사람들은 아이의 시체를 우선은 철로지기 초소에 보관하며, 또한 그 시체 대신에 어떤 처치를 해도 다시 의식을 찾지 못하는 철로지기를 들것을 이용해 집으로 데리고 간다는 결정을 내렸다.

일은 그렇게 진행되었다. 두 남자가 의식 잃은 사람을 실은 들것을 운반해갔다. 레네가 뒤따랐는데, 계속 흐느꼈으며, 눈물이 흘러넘치는 얼굴로 젖먹이를 태운 유모차를 밀며 모래땅을 지나갔다.

달이 진홍빛으로 불타는 거대한 공처럼 숲 골짜기의 소나무 줄기들 사이에 놓여 있었다. 달은 높이 올라갈수록 그만큼 더 작아지는 듯 보였으며, 또한 그만큼 더 희미해졌다. 마침내 달은 현등(懸燈)처럼 숲 위에 걸려 있었는데 — 그 곳으로 걸어가는 사람들의 얼굴을 시체처럼 보이도록 채색하는 — 흐릿한 빛안개를 수관(樹冠)들의 모든 빈 곳과 틈 사이로 밀어 넣고 있었다.

사람들은 능숙하게, 그러나 조심하면서 앞으로 나아갔다. 이제 어린 나무들이 빽빽이 들어서 있는 숲을 지났으며, 그런 다음 다시 키 큰 나무로 둘러싸여 있는 광활한 — 창백한 달빛이 거무스레한 큰 대야 속에서처럼 모여 있는 — 어린 나무 보호구역을 따라갔다.

의식을 잃은 그 사람은 때때로 그르렁거리며 숨을 쉬거나 헛소리를 하기 시작했다. 여러 번 주먹을 쥐었으며, 감긴 눈을 하고서 몸을 일으키려고 했다.

그를 쉬프레강 너머로 데리고 가는 것은 힘든 일이었다. 사람들은 여자와 아이를 추가로 데려오기 위해 또 한 번 강을 건너야 했다.

마을의 작은 언덕에 올라갔을 때, 그들은 불행한 사고를 그 즉시 널리 알린 주민 몇 사람을 만났다.

마을 전체는 정상을 되찾고 있었다. 아는 사람들을 보게 되자 레네는 재차 탄식했다.

사람들은 힘들여 병자를 좁은 계단 위로 올려서 그의 집으로 옮기고, 즉시 침대로 데려갔다. 일꾼들은 토비아스의 시체를 추가로 옮겨오기 위해 바로 되돌아갔다.

나이 많고 경험 있는 사람들은 머리에 냉찜질을 하라고 권했고, 레네는 그들이 말해 준 것을 열심히, 그리고 신중하게 따라했다. 그녀는 수건들을 얼음처럼 차가운 샘물에 집어넣었으며, 의식을 잃은 사람의 불타는 듯한 이마 때문에 수건이 뜨거워지면, 그 즉시 새 것으로 교체했다. 불안한 마음으로 환자가 숨 쉬는 것을 지켜보았는데, 그녀가 보기엔 환자의 호흡은 매분마다 더욱 규칙적이 되어가는 듯했다.

하지만 그날의 흥분으로 그녀는 매우 지쳐 있었다. 잠을 조금 자기로 했으나, 안정을 찾지 못했다. 이 때문에 눈을 뜨고 있건 감고 있건 과거에 있었던 일들이 계속 스쳐 지나갔다. 어린애는 자고 있었다. 그것에 대해 그녀는 평소의 습관과는 달리 걱정을 하지 않았다. 요컨대 그녀는 다른 사람이 돼버린 것이다. 예전의 반항적인 태도의 흔적은 어디에도 없었다. 그랬다, 얼굴이 창백하고 땀으로 번질거리는 이 아픈 남자가 잠 속에서 그녀를 마음대로 조정하고 있는 것이다.

구름이 둥근 달을 가리웠고, 방 안은 어두워졌다. 레네에게는 남편의 힘들어하면서도 규칙적으로 숨을 들이쉬는 소리만이 들렸다. 그녀는 불을 켜야 할까 생각해보았다. 어둠 속에서 섬뜩한 느낌이 들었다. 일어나려 했을 때, 모든 팔다리가 납덩이처럼 무거웠고, 눈꺼풀은 저절로 감겨버렸다. 그녀는 숨을 거뒀다.

몇 시간 후 남자들이 아이의 시체와 함께 돌아왔을 때, 문들이 활짝 열려 있는 걸 발견했다. 이런 상황이 의아하여 그들은 계단을 올라 윗층 방으로 올라갔는데, 그곳의 문 역시 활짝 열려 있었다.

사람들은 여자의 이름을 여러 차례 불렀으나, 대답이 없었다. 마침내 사람들은 유황성냥을 벽에 대고 그었다. 번쩍하는 불빛이 전율을 일으키는 황폐한 광경을 드러

내주었다.

"살인, 살인이야!"

레네는 자신의 피에 잠긴 채 누워 있었고, 얼굴은 알아볼 수 없는 지경이었고, 두개골은 부서져 있었다.

"그 사람이 아내를 죽였어, 그 사람이 아내를 죽였어!"

사람들은 어찌할 바를 몰라 하며 왔다 갔다 했다. 이웃사람들이 왔으며, 그 중 한 사람이 요람에 부딪혔다. "맙소사!". 그는 그렇게 말하고는 창백한 표정으로, 깜짝 놀라 멍하게 바라보며 뒷걸음질쳤다. 어린애는 그곳에 목이 절단되어 누워 있었다.

철로지기는 사라지고 없었다. 이날 밤 샅샅이 찾아보았으나 성과가 없었다. 다음 날 아침 당직을 서는 철로지기가 선로 사이에, 토비아스가 치였던 곳에 앉아 있는 그를 발견했다.

그는 갈색 털실모자를 팔에 안고서 그것이 생명이 있는 것인 양 계속 쓰다듬으며 입맞춤하고 있었다.

당직철로지기는 그에게 몇 가지 질문을 했으나 대답을 듣지 못했으며, 자신이 미친 사람을 대하고 있다는 걸 금방 알아차렸다.

이 사실을 알게 된 신호작동장치를 담당하는 철로지기가 전신으로 도움을 요청했다.

이제 여러 남자들이 그를 잘 설득하여 선로에서 벗어

나도록 시도해보았으나, 소용이 없었다.

이 시간쯤에 통과하는 급행열차는 멈춰야 했으며, 무섭게 날뛰기 시작하는 환자를 억지로 선로에서 벗어나게 하는 것은 기차 승무원들이 힘을 합친 다음에야 비로소 이뤄졌다.

사람들은 그의 손발을 묶어야 했다. 이런 일들이 일어나고 있는 사이에 차출된 지방경찰관이 베를린의 취조 감옥소로 그를 이송하는 것을 감독했는데, 그곳에서 틸은 벌써 그 다음 날 요양병원의 정신병동으로 옮겨졌다. 옮겨질 때에도 그는 갈색 털실모자를 두 손으로 붙들고 있었으며, 빼앗길까 봐 그것을 조심스럽고 애정스럽게 지키고 있었다.

　『임멘호수 Immensee』(1849)는 노년의 주인공 라인하르트가 이루지 못한 사랑을 회상하는 것으로 되어 있다. 그는 어린 시절 엘리자벳과 많은 시간을 함께 보내게 되면서 자연스럽게 가까워지고, 마침내 이들은 서로를 사랑하게 된다. 하지만 엘리자벳이 그의 옛 학교친구 에리히와 결혼하게 됨으로써 이들의 사랑은 결실을 맺지 못한다. 이같은 사랑이야기라면 지극히 진부하고 통속적이다. 하지만 이것이 작품을 읽는 과정에서 그다지 크게 의식되거나 방해가 되지는 않는다. 오히려 작품이 보여주고 있는 이 사랑이야기에 공감하게 되며, 다른 한편으론 이들의 사랑을 아름다운 것으로까지 여기게 된다.

　먼저, 공감하게 되는 까닭은 두 사람의 사랑을 더 이상 나아가지 못하게 가로막는 원인이 설득력이 있고, 수긍될 만하기 때문이다. 라인하르트와 엘리자벳이 서로 사랑하지만, 이들의 사랑이 이루어지지 않는 근본 원인은 삶의 변화와 관계가 있다. 라인하르트에게 보내는 편지에서 그의 어머니의 "얘야, 너의 나이엔 거의 모든 해가 제각기 자신만의 모습을 가지고 있다."는 언급이 대변하고 있듯이 시간의 흐름에 의해 삶의 변화가 불가피하다면, 더 정확히는 삶에 대한 생각의 변화가 필연적인 것이라면, 삶의 일부인 사랑 역시 이 점에서 예외일 수 없기 때문이다.

두 주인공에 있어 그들의 사랑에 대한 생각의 변화는 라인하르트가 상급학교 진학을 위해 고향을 떠난 후부터 시작된다. 라인하르트는 엘리자벳에 대한 순수한 사랑이 지속될 수 있는가를 숙고한다. 〈마음〉에서의 사랑이 결혼이라는 〈현실〉에서의 사랑으로까지 이어질 수 있는가에 대해 번민한다. 달리 말하면 사랑의 결실인 결혼이라는 현실적인 삶에서 엘리자벳과의 행복한 삶이 가능할 수 있겠냐는 것이다. 그는 이를 확신하지 못한다. 그래서 그는 엘리자벳과의 사랑과 관련하여 자신의 확실한 마음을 갖지 못한다. 이는 그가 엘리자벳의 크리스마스 인사편지에 대한 의례적인 답장을 제외하면 어떤 편지도 보내지 않는 것으로 뒷받침된다. 그런데 이 번민은 처음엔 막연한 것에 그치고 있지만, 부활절 고향방문에서 엘리자벳의 어머니와의 만남 이후에는 한층 명료해지고 커진다. 딸의 배우자 선택에 있어 현실적인 여건, 즉 경제적 여건을 가장 앞세우는 엘리자벳의 어머니의 태도 때문이다. 그녀가 라인하르트의 친구인 에리히를 "사랑스럽고 사려 깊은 젊은이"로 평가하면서 "에리히가 한 달 전 그의 아버지가 임멘호수에 가지고 있는 두 번째 농가를 물려받았다."는 것을 특별히 강조하는 발언은 그의 번민을 가중시킨다. 그녀의 발언은 이후 라인하르트로 하여금 자신들의 사랑의 지속여부는 현실적인 여건의 실현 가능성 여부에 달려 있다는 생각을 점점 굳히게 만들며, 이 과정에서 라인하르트의 번민은 회의로, 회의는 의도적인 유보로 변모한다. 이는 고향방문을 끝마치며 엘리자벳에게 두 해만 기다려달라는 자신의 간절한 부탁에도 불구하고 그가 그 이후 자신의 엘리자벳에 대한 사랑과 자신들의 미래의 삶에 관련된 어떠한 서신연락도 취하지 않는 것, 그리고 무엇보다 자신의 어머니로부터 엘리자벳의 결혼소식을 듣고도 이렇다 할 어떠한 대응도 않는 것으로 입증되는데, 이러한 유보적인 태도는 그가 행복한 결혼생활의 전제 조건인 현실적인 능력을 가질 가능성이 자신에게는 없다는 판단에서 나온 것이다. 어린 시절부터 시를 짓고 이야기를 글로 기록하기를 좋아하는 라인하르트가 세속적인 욕망을 갖거나 또 그런 욕망을 성취할 수 있는 직업을 갖는 것이 쉽지 않으리라 볼 때, 그의 이러한 생각은 어떤 의미에서는 당연한 것이라 할 수 있다.

사랑에 대한 생각변화는 엘리자벳에게서도 일어난다.

그녀는 라인하르트가 고향을 떠난 이후 약속과는 달리 어떤 서신도 보내지 않자 불안한 마음에서 크리스마스 선물에 안부편지를 함께 넣어 보낸다. 이 편지에서 라인하르트가 선물한 홍방울새의 죽음에 대한 언급은 그녀의 불안을 상징적으로 드러낸다. 홍방울새가 엘리자벳의 정성스런 보살핌에도 죽었다는 것은 그에 대한 그녀의 변함없는 사랑과는 대조적으로 그녀에 대한 그의 사랑이 중단된 것으로 해석해볼 수 있기 때문이다. 엘리자벳의 불안은 부활절의 라인하르트와의 재회가 이뤄져도 해소되지 않는다. "엘리자벳은 그가 맞이하며 잡은 손을 살며시 빼려고 했다"는 화자의 설명에서 알 수 있듯이 라인하르트에서 느끼는 그녀의 거리감은 이 불안의 변형된 표현에 다름 아닌 것이다. 이런 불안은 라인하르트가 기다려달라는 부탁을 했음에도 자신들의 사랑과 장래와 관련하여 어떠한 언질도 주지 않는 상황이 계속되자 결국 그녀에게 이전과는 다른 생각을 갖게 한다. 아무리 라인하르트를 사랑한다 해도 기약 없는 사랑을 지속하는 일이 쉽지 않아서 이기도 하지만, 라인하르트의 경우에서와 마찬가지로 삶의 변화에 따라 사랑에 대한 생각이 달라졌기 때문이다. 그것은 사랑만으로는 결혼생활이 영위될 수 없다는 것이다. 이러한 생각변화에 결정적인 영향을 준 것은 그녀의 어머니의 견해이다. 결혼생활의 행복은 경제적인 것에 있다는 어머니의 주장은 그녀에게서 점점 힘을 발휘한다. 그녀는 결국 현실적인 선택을 한다. 라인하르트와의 불확실한 미래에 비해 풍요로운 결혼생활이 기대되는 에리히와의 결혼은 이러한 선택의 당연한 귀결인 것이다.

다음으로, 이 사랑이야기가 아름답게 여겨지는 것은 무엇보다 두 사람이 자신들의 마음 속에 남아 있는 서로에 대한 사랑을 정리하는 방식이 감동적이기 때문이다. 엘리자벳의 결혼이 있은 다음 여러 해가 지난 후 라인하르트는 에리히의 초대로 그의 농장이 있는 임멘호수에서 엘리자벳과 재회한다. 이 재회는 두 사람에게 옛 시절을 상기시키는 동시에 남아 있는 사랑의 감정을 다시 불러일으키지만, 다른 한편으론 이들에게 이 감정을 아름답게 마무리 짓는 계기를 제공한다. 이와 관련하여 작품에서 〈어머니가 그걸 원했어요〉로 시작되는 민요는 매우 중요한 기능과 의미를 갖는다.

어머니가 그걸 원했어요,
다른 사람을 택해야 한다고.
이전에 지녔던 걸 내 가슴은
잊어야 한다고.
하지만 내 가슴은 그걸 원치 않았는데.

어머니가 원망스러워요,

내 뜻대로 해주지 않았어요.

여느 땐 칭찬받을 순종이

이젠 죄가 되었어요.

나 어찌해야 하나요!

모든 자부심과 기쁨 사라지고

그 대신 고통만 갖게 되었어요.

아, 그 일이 일어나지 않았다면

아, 거뭇한 광야를

구걸하고라도 걸어갈 수 있으련만!

　이 노래는 민중에게 살아 숨쉬고 있는 시와 노래를 발견하여 수집할 뿐만 아니라 이를 정리하고 연구하는 라인하르트가 에리히가족의 부탁으로 그들에게 소개하는 여러 개의 민요 중의 하나이다. 그가 이를 소개하는 것은 다분히 의도적이다. 자신과 엘리자벳의 못 이룬 사랑과 그 회한이 이 노래에 그대로 드러나 있기 때문이다. 이 노래의 주체는 어투로 보아 여성으로 판단되며, 따라서 이 노래의 내용은 일차적으로는 엘리자벳과 관련된 것이라 할 수 있다. 라인하르트가 읽어 내려가는 동안 종잇장에 올려놓은 엘리자벳의 손이 떨리고, 읽기가 끝나자 감정이 북받친 그녀가 곧바로 자리를 뜨는 것이 이를 단적으로 가리킨다. 말하자면 엘리자벳은 이 노래의 주인 공을 자신과 동일시하고 있는 것이다. 이와 같이 이 노래의 주체가 곧 엘리자벳이라고 볼 수 있다면, 이를 통해 그녀가 말하려는 것은 무엇인가. 엘리자벳은 자신들의 사랑이 이뤄지지 않은 것을 결코 라인하르트에게 전가하지 않는다. 오히려 그 원인을 자신에게 돌리고 있다. 자신의 〈가슴〉이 원하는 대로 하지 못하고 어머니가 원해서 〈다른 사람〉을 선택했으나, 이것이 근본적으로는 자신의 잘못된 판단이었다는 것이다. 그러니 라인하르트가 자신들의 좌절된 사랑에 대해 자책하거나 자기에 대해 미안한 마음을 가질 필요가 없다는 것이다. 더 나아가 제3연에서의 〈모든 자부심과 기쁨 사라지고〉가 암시하고 있듯이, 도리어 자신이 라인하르트를 끝까지 신뢰하면서 인내심을 가지고 라인하르트를 기다리지 못한 것이 후회스럽다는 것이다.

그런데 이 노래는 엘리자벳에게만 해당되는 것은 아니다. 라인하르트가 많은 민요 가운데 이것을 특별히 소개하는 것은 말할 것도 없이 자신의 마음을 전달하기 위해서이기 때문이다. 이 노래는 엘리자벳의 관점에서 보면 앞서 언급한 대로 풀이할 수 있지만, 라인하르트의 시점에서 보면 다르게 해석될 수 있다. 특히 〈어머니의 뜻에 순종한 것〉이 그렇다. 여기서 〈순종〉이란 물론 엘리자벳이 어머니의 뜻에 따라 부유한 에리히를 선택한 것을 말한다. 엘리자벳은 이를 근본적으로는 자신의 잘못으로 돌리고 있지만, 라인하르트는 이것이 엘리자벳의 잘못이 아니라 어쩔 수 없는 것으로 간주한다. 자신의 장래를 부모의 뜻에 따라 결정하는 것은 위의 노랫말처럼 〈칭찬받을 순종〉으로서 미덕이 되는 것이며, 따라서 누구에게나 권장되는 지극히 예사로운 일일 수 있기 때문이다. 이처럼 라인하르트가 엘리자벳의 선택을 어쩔 수 없는 것으로 보는 것은 이 노래의 형식이 민요라는 점에 유의하는 것으로도 쉽게 이해된다. 민요가 민중에게서 생겨나고 오랜 세월에 걸쳐 전래되어 오는 것이라 할 때, 그 민요가 담고 있는 일은 결코 특정한 사람에 국한된 일이 아니라 수 많은 사람에게 흔히 있는 일이 되기 때문이다. 그러므로 엘리자벳의 선택은 충분히 이해할 수 있는 것일 뿐만 아니라, 그녀가 이루지 못한 사랑에 죄책감을 느끼거나 자학할 필요가 없다는 것이다. 그런데 라인하르트가 이 노래를 통해 엘리자벳에게 전하려 하는 것은 이것만은 아니다. 엘리자벳이 라인하르트에 대해 신뢰심과 인내심을 갖지 못한 것을 후회하듯 그 역시 그러하다. 라인하르트는 자신들의 앞날과 관련하여 어떠한 자신의 의사도 표명하지 않은 것, 그리고 엘리자벳과의 사랑의 지속여부를 놓고 결정을 의도적으로 유보한 것이 그녀에게 고통을 가져다주고 종국적으로는 다른 선택을 강요하게 된 것에 대해 이해를 구하고 있는 것이다.

이처럼 두 사람은 먼저 상대방의 상황을 이해하려 하고, 또 자신의 잘못을 고백하는 것에서 볼 수 있듯이 아름다운 방식으로 지나간 사랑에 대해 정리하고 있다. 그런데 이것으로 이들의 남아 있는 감정이 말끔히 정리되지 않는다. 아쉬움은 여전히 남아 있다. 다음 날 산책길에서의 "엘리자벳, 저 푸른 산 뒤편에 우리의 어린시절이 있어, 그런데 어디에 남아 있을까?"라는 라인하르트의 말은 이들이 여전히 성취되지 못한 사랑을 아쉬워하고 있음을 나타낸다. 하지만 두 사람은 이것이 극복되어야 하는 것임을 잘 알고 있다. 작품은 그 극복가능성을 미리 알려주고 있다. 앞서 말한 민요소개가 끝난 후 라인하르트는 호수에서 그 곳에 피어 있는 물백합을 보기 위해 헤엄쳐 접근하지만, 아무리 가까이 다가가려 해도 그 자신과 꽃 사이의 거리는 좁혀지지 않는다. 물백합이 이룰 수 없는 사랑 혹은 엘리자벳을 상징하는 것으로 볼 때, 그것은 두 사람에게 남아 있는 감정은 다시는 되찾을 수 없는 것인 동시에, 그것은 그대로 지나간 것으로 놓아두어야 한다는 것을 의미한다. 작품 끝부분의 이별장면에서 "그는 뒤를 돌아보지 않았다. 빠르게 걸어 나갔다. 그의 뒤에서는 고요한 농가가 점점 사라져가고 있었고, 그의 앞에서는 크고 넓은 세상이 떠오르고 있었다."는 비록 라인하르트에 대한 묘사이지만, 두 사람 모두에게 해당된다. 그들의 이뤄지지 못한 사랑에 대한 감정이 새로운 삶을 위하여 물러나고 있는 것이다.

끝으로, 작품의 구조에 대해 언급하지 않을 수 없다. 이 작품은 열 개의 장으로 되어 있고, 각 장에는 별도의 제목이 붙어 있다. 이러한 구조는 마치 이 작품이 산문으로 해체되어 있을 뿐, 시라는 인상을 준다. 말하자면 각각의 장이 한 개의 연의 기능을 하는 것이다. 그리고 이 작품이 시적으로 느껴지는 것에는 각 장에서 예외 없이 느껴지는 서정적인 분위기가 큰 역할을 한다. 인물과 자연에 대한 묘사도 그러하거니와 사건들도 다분히 서정적으로 묘사되어 있어, 이것들이 사건으로서 기능하기보다는 등장인물의 내밀한 감정과 시간의 흐름에 따라 변화해가는 내면상황을 전달하는 역할을 하고 있다. 한마디로 말하면 읽는 과정에서 사건은 뒤로 물러나고 시의 특징인 감성적, 정서적인 분위기가 전면으로 나와 독자의 감정을 흔든다. 이런 의미에서 『임멘호수』는 시적인 산문이라 해도 될 것이며, 〈눈〉으로 읽는 것이 아니라 〈가슴〉으로 읽게 되는 작품인 것이다.

『철로지기 틸 Bahnwärter Thiel』(1892)의 줄거리는 주인공 틸이 첫 아내 민나가 낳은 아들 토비아스가 새 아내 레네의 부주의로 죽게 되자, 그녀와 그녀의 아들을 살해하는 것으로 되어 있다. 그런데 이처럼 줄거리는 단순하지만, 작품을 읽어내기가 결코 수월치 않다. 무엇보다 작품의 절반 이상을 차지하는 제3부의 상당부분에서 줄거리 파악이 쉽지 않기 때문이다. 이는 주인공이 처한 상황이 현실인지 아니면 꿈, 환상, 환영, 회상, 기억의 세계인지가 명확하게 구분되지 않아서이다. 물론 화자의 설명, 예컨대 〈그는 … 회상했다〉, 〈그에게 꿈과 현실이 뒤섞여 하나가 되었다〉, 〈다른 환상을 하나 더 … 기억해냈다〉, 〈그는 눈을 떴고, 깨어났다〉 등등의 언급이 있긴 하지만, 이것이 작품을 끊기지 않고 쉽게 읽어내려 가는 것에 큰 도움이 되진 못한다. 현실과 비현실의 경계가 몇 번을 되풀이하여 읽어도 분명치 않은 경우가 있는가 하면, 특히 작품의 93쪽에서부터 98쪽까지는 현실, 환상, 회상, 꿈 등의 세계가 비규칙적으로 수 차례에 걸쳐 혼란스럽게 바뀌며 등장하기 때문이다. 그런가 하면 112쪽에서부터 115쪽까지의 몇몇 대목은 묘사가 너무나 사실적이고 현실감 있게 되어 있어 이것이 틸의 환상에서 펼쳐지는 것임을 망각하게 되기 십상이거나 또는 이것이 환상임을 간파하기가 어렵다.

그렇다면 작가는 왜 독자가 이처럼 작품읽기에 어려움을 겪을 수밖에 없는데도 작품의 구성을 이같이 하는 것인가. 그것은 인간의 삶의 세계를 있는 그대로 보여주려는 의도에서 비롯한다. 인간의 삶을 구성하는 세계는 단일한 성격의 하나의 세계로만 되어 있지 않다. 삶에는 일상적이고 외적인 세계만이 존재하는 것이 아니라는 것이다. 그런 세계와 더불어 초현실적 내지는 비현실적인 세계가 존재한다. 즉 꿈, 환상, 회상, 기억, 무의식의 세계가 함께 있다. 그러므로 이 같은 다양한 형태의 삶의 세계를 드러내어 보여주지 않는 한, 이는 인간의 삶의 진실한 모습이 아닌 것이다. 작품에서 틸의 삶의 세계가 다양한 층위와 형태를 가진 세계로서 등장할뿐더러 이것들이 교대되어 등장하거나 동시적으로 뒤섞여 전개되는 것은 바로 그런 이유에서이다.

그런데 주목할 것은 틸에게 있어 꿈, 환상, 환영, 회상, 기억의 세계가 단지 일상의 세계와 더불어 그의 삶을 구성하는 것으로만 그치지 않는다는 것이다. 전자의 세계는 후자의 세계에 영향을 미친다. 제 1부에서 틸이 환상을 통해 죽은 아내와의 영적인 교류가 이뤄지는 영혼의 세계, 그리고 아내를 눈앞에 생생하게 보게 되는 환영(Vision)의 세계가 그의 초소에서의 낮과 밤 시간을 지배하는 것이 그러한 예이다. 이것이 틸의 일상세계에 대한 환상과 환영의 세계의 시간적인 영향끼치기라면, 74쪽의 "하지만 때때로, 또한 특별히 그가 홀로 명상에 젖는 — 죽은 이와 매우 내밀하게 결합되는 — 순간에는 자신의 현재상태의 진실한 모습이 보였으며, 그런 모습에 역겨움을 느꼈다"는 화자의 말은 그런 세계가 틸의 일상적인 세계와 삶에 끼치는 심리적인 내지는 정신적인 영향미치기라 할 수 있다. 이러한 심리적이고 정신적인 영향끼치기가 보다 강화되는 것은 꿈의 세계를 통해서 나타난다. 틸은 꿈에서 본 것에 대한 기억으로 시달린다. 그는 꿈에서 토비아스가 누군가에 의해 학대당하는 느낌을 가졌는데, 이 때문에 "지금도 그 생각을 하게 되자 심장이 멎을 지경"이 되며, 또한 꿈에서 죽은 아내가 철로의 레일 위를 병약하고 초라한 모습으로 지나간 것을 다시 기억하게 되자 근무에서 내내 안정을 찾지 못한다. 그런가 하면 꿈의 세계에서 죽은 아내가 철로를 지나갈 때 피가 묻은 무엇인가를 몸에 지니고 있는 것을 기억해낸 틸은 아내의 이런 모습 때문에 지속적인 불안 상태에 빠진다. 토비아스로 하여금 둘째 아이를 돌보도록 하려고 그를 철로 근처로 데리고 가는 레네에게 틸이 극심한 불안과 염려에서 철로 가까이 가지 말 것을 당부하는 것이 그 예이다.

그런데 이러한 초현실적 세계는 틸의 일상세계에 영

향끼치기를 넘어서 그 세계를 압도하기도 한다. 이는 다가올 일과 관련되는 환상을 통해서 이뤄지는 94쪽의 "그는 마치 죽은 자의 2년이나 되는 잠과 같은 수면상태에서 깨어나 차후 그런 상태에서 저지르게 될 소름 끼치는 일을 믿을 수 없다는 듯 머리를 절레절레 흔들며 유심히 바라보고 있는 듯한 기분이 들었다"에서 찾아볼 수 있다. 여기서 〈소름끼치는 일〉이란 틸이 자행하게 될 살인을 가리킨다. 즉 그는 평소 본능적 힘에 의해 새 아내에게 육체적으로 지배당하여 토비아스를 소홀히 해 온 것에 대해 죽은 아내에게 죄책감과 수치감을 가져왔는데, 그녀의 분신인 토비아스를 새 아내가 극심하게 학대하는 장면을 목격하자 복수욕에 사로잡힌 나머지 불현듯 생각하게 되는 살인을 뜻한다. 환상을 통해 갖게 된 이 살인 의도는 일종의 잠재의식으로 이후 부단히 틸의 일상의 삶에 개입하고, 급기야는 외화되어 그의 일상의 세계를 파괴적으로 지배한다. 그가 레네의 부주의로 토비아스가 열차사고로 죽자 정신착란 상태에 빠져드는 것도 그러하려니와 그녀를 살해하는 것이 바로 그것이다. 말하자면 비가시적 세계가 가시적인 일상의 세계에 대해 압도적 우위를 차지하면서 후자의 세계를 무력화하고 있다.

이렇듯 틸에게 있어 꿈, 환상, 환영 등의 세계는 그의 일상세계의 배후에 엄존하면서 다양한 방식으로 후자의 세계에 끊임없이 영향력을 행사하고 있다. 그리고 이 영향으로 결국 틸은 일상의 삶의 파국을 맞이한다. 이렇게 보면 이 작품은 단순히 잔혹한 살인 이야기가 결코 아니다. 어디까지나 보이는 세계와 보이지 않는 세계의 병존, 그리고 전자에 대한 후자의 다양한 영향이 주인공의 삶에 어떤 결과를 초래하게 되는가를 여실하게 보여주는 작품이며, 작가의 집필의도 또한 그런 것이다.

끝으로, 이 작품에 나오는 〈선로〉는 어떤 의미가 있는가를 살펴볼 필요가 있어 보인다. 작품의 도처에 등장하는 선로는 상징적인 의미를 가지고 있다. 평행하는 두 선로 가운데 하나는 현실적, 일상적, 외적, 가시적 세계라면, 또 다른 하나는 초현실적, 비일상적, 내적, 비가시적 세계를 의미한다고 볼 수 있다. 따라서 선로는 작품의 내용을 압축적으로 보여줄 뿐더러, 명료하게 전달하는 효과적인 장치가 되고 있으며, 이 점에서 작가의 역량이 돋보인다. 주인공 틸의 직업을 철로지기로 한 것도 그런 맥락으로 이해할 수 있을 것이다.

| 지은이 |

테오도르 슈토름(Theodor Storm, 1817–1888)

독일 사실주의의 대표적인 작가. 대표적인 작품으로는 「백마의 기수」, 「고백」, 「그리스후스 연대기」가 있음.

게르하르트 하웁트만(Gerhart Hauptmann, 1862–1946)

독일 자연주의의 대표적인 작가. 1912년 노벨 문학상 수상. 대표적인 작품으로는 「해뜨기 전」, 「직조공들」, 「한넬레의 승천」이 있음.

| 옮긴이 |

김형국

서강대학교에서 독어독문학을 공부하였고, 『막스 프리쉬의 희곡에서의 시간의식에 관한 연구』로 박사학위를 받았다. 독일 본대학, 파사우대학에서 독문학을 연구하였으며, 지금은 전남대학교 독일언어문학과 교수로 있다.
막스 프리쉬와 하인리히 뵐에 관한 다수의 논문, 그리고 베르너 베르겐그륀, 막스 프리쉬, 프란츠 카프카의 여러 작품에 대한 번역서가 있다.

임멘호수·철로지기 틸

초판 인쇄   2018년 1월 20일
초판 발행   2018년 1월 31일

지 은 이 | 테오도르 슈토름, 게르하르트 하웁트만
옮 긴 이 | 김형국
펴 낸 이 | 김미화
펴 낸 곳 | 인터북스

주   소 | 서울시 은평구 대조동 221-4
전   화 | (02)353-9908   편집부(02)356-9903
팩   스 | (02)6959-8234
홈페이지 | hakgobang.co.kr
전자우편 | interbooks@chol.com
등록번호 | 제311-2008-000040호.

ISBN   978-89-94138-53-4 03850

값 : 10,000원